PAUL BRAUNSTEINER

ERZÄHLUNGEN

Groteskes
Hörspiele
Absurdes

Bibliografische Information
der Deutschen Nationalbibliothek:
Die Deutsche Nationalbibliothek verzeichnet diese Publikation
in der Deutschen Nationalbibliografie;
detaillierte bibliografische Daten
sind im Internet über dnb.dnb.de abrufbar

2020 Paul Braunsteiner
Herstellung und Verlag:
BoD - Books on Demand, Norderstedt
Satz, Covergestaltung: Paul Braunsteiner
paul.braunsteiner@gmx.at

ISBN 9783750440333

Inhalt

EIN STARKES STÜCK

„Dass sie sich nur nicht ins eigene Fleisch schneiden!"

W sah sein Gegenüber nach langem Studium des Papiers in seinen Händen an und reichte es ihm.

„Dass sie sich nur nicht ins eigene Fleisch schneiden", bekräftigte W seine vorhin gesprochenen Worte, wandte den Blick von seinem Gegenüber ab, L zu, und wartete.

„Ja, dass sie sich nur nicht ins eigene Fleisch schneiden!", *ergriff nach langem Studium des Papiers das Gegenüber von W das Wort, sah auch zu L, reichte ihm das Papier und lehnte sich in seinem Stahlrohrsessel zurück. L musste sich weit vorbeugen, um das Papier von seinem von ihm leicht links sitzenden Gegenüber ergreifen zu können.*

„Eindeutig. Wenn sie sich nur nicht ins eigene Fleisch schneiden."

Die drei sich gegenüber Sitzenden waren nach langem und eingehenden Studiums des Papiers einer Meinung.

„Das Ganze steht auf Messers Schneide, oder nicht?"

Ruhig, aber mit nervösem Unterton stellte P die Frage in den Raum. Da ging die Stahlrohrtür auf und K betrat mit G den Stahlrohrraum Einhundert.

K bekam sofort von L das Papier ausgehändigt, er solle es hier und jetzt lange und eingehend studieren, das Ganze stünde auf des Messers Schneide.

K bot rechts neben sich G einen Platz an und setzte sich ebenfalls in einen der Stahlrohrstühle, blickte seine vier Gegenüber an und studierte dann lange und eingehend das Papier.

„Ganz klar, das Ganze steht auf des Messers Schneide. Dass sie sich aber nur nicht ins eigene Fleisch schneiden!", sprach K und gab das Papier an G weiter.

G riss K fast das Papier aus dessen linker Hand und vertiefte sich in das Papier, um es lange und intensiv zu studieren. Die Anderen sahen G gespannt an und warteten.

Dann sprang G wie von der Tarantel gestochen auf und drehte sich halb um die Achse, so dass ihr Stahlrohrsessel umstürzte.

„Ein abgekartetes Spiel. Der Bogen ist überspannt!"

Gs Worte kollerten wie Giftpilze durch die Luft, die auf einmal wie zum Schneiden dick war. W erhob sich, ging zum Stahlrohrfenster und schaute lange durch die Stahlrohrscheibe auf die Stahlrohrlandschaft hinab.

„Ja, der Bogen ist überspannt. Dass sie sich aber nur nicht schneiden!"

W trat vom Stahlrohrfenster zu seinem Stahlrohrstuhl, nahm wieder Platz und musterte seine Gegenüber. B, links von K sitzend, ergriff zum ersten Mal das Wort.

„Ich sage, der Bogen ist überspannt. Das Ganze steht auf des Messers Schneide. Es ist eindeutig ein abgekartetes Spiel. Aber dass sie sich nur nicht ins eigene Fleisch schneiden!"

Er sah durch seine Stahlrohrbrille seine Gegenüber an und lehnte sich in seinem Stahlrohrsessel zurück. In diesem Moment schlug die Stahlrohruhr zwölf und wie auf Knopfdruck sprangen alle auf, um sich in die Stahlrohrkantine zu begeben.

Eine halbe Stunde später glitt die Stahlrohrtür zum Stahlrohrbüro auf und die Belegschaft betrat, aus der Stahlrohrkantine kommend, den Raum.

B nahm an der Ostseite des runden Stahlrohrtisches Platz, K rechts seitlich, also nordöstlich, G direkt gegenüber zu B, L schräg gegenüber nordwestlich und W links von B.

Da summte es im Kopierer, der auf einem Stahlrohrbüromöbel an der Nordseite des Stahlraumbüros stand und ein Papier ausspuckte.

„Ah, der Kopierer hat das erwartete Papier ausgespuckt."

B erhob sich aus seinem Stahlrohrstuhl, ging um K herum zum Stahlrohrkopierer und nahm das ausgespuckte, erwartete Papier an sich.

L hob den Blick und sah an G vorbei W an.

„Ein starkes Stück!", *entrüstete sich L, noch immer W im Visier habend.*

„Allerdings, ein starkes Stück! Da können sie Gift drauf nehmen."

Erwartungsvoll richteten sich nun alle Blicke auf B, der das erwartete Papier lange und genauestens studiert hatte, jetzt seine Stahlrohrbrille abnahm und das Blatt endlich an den schräg links von ihm sitzenden W weiterreichte.

„Das ist in der Tat ein starkes Stück. Die wollen auf Teufel komm raus uns das Wasser abgraben, da können sie Gift drauf nehmen."

B war sich seiner Sache ganz sicher. W, der lange und gewissenhaft das von allen erwartete Papier studiert hatte, lehnte sich langsam in seinem Stahlrohrstuhl zurück und mit kleinen Schweißperlen auf seiner Birne sagte er:

„Das ist aber ein starkes Stück. Die haben uns aufs Korn genommen und wollen uns das Wasser abgraben!"

G, L und K hatten nacheinander im Stahlrohruhrzeigersinn das Papier erhalten und es in selbiger Reihenfolge lange und sorgfältigst studiert.

„Ja ist es zu glauben; ein wirklich starkes Stück!", *war die einhellige Meinung.* „Dass sie sich nur nicht schneiden, die wollen auf Teufel komm raus uns die Butter vom Brot nehmen."

K, der das Papier als Letzter lange und intensiv studiert hatte legte es vor sich zu dem anderen Papier auf den runden Stahlrohrtisch.

Die Belegschaft des Stahlrohrbüros Einhundert des Stahlrohrbetonturmes wurden aus ihren Überlegungen, die Papiere betreffend, aufgeschreckt, als sich plötzlich die Stahlrohrtür öffnete und N mit O das Stahlrohrbetonbüro betrat.

„Wieso haben sie uns zusammengetrommelt?", *wollte N ungeduldig wissen, nachdem er den freien Stahlrohrstuhl direkt zu linker Hand Bs, von K angeboten bekommen hatte. G wies O an, doch zwischen W und ihr Platz zu nehmen.*
K sah unverwandt sein jetzt Gegenüber, O, an und in seiner Stimme schwang Besorgnis mit:

„Wir haben zwei brisante Papiere erhalten, welche wir, glauben sie mir, lange und intensivst studiert haben. Die Brisanz dieser Papiere haben uns gezwungen, uns alle zusammenzutrommeln. Lesen sie selbst."

K nahm die zwei Papiere und reichte sie an B vorbei an N, der sich mit den Papieren in seinem Stahlrohrstuhl bequem zurücklehnte und anfing, sie lange und auf das Genaueste zu studieren.

Alle Blicke waren nun auf N gerichtet. Die Stille im Stahlrohrbetonbüro tropfte ölig von den Stahlbetonrohren und die auf einen

8

Kommentar von N Wartenden saßen wie auf heißen Kohlen in ihren Stahlrohrsesseln.

Endlich hatte N die Papiere fertig studiert, übergab mit vielsagender Miene O die Papiere und nach einer schier endlos scheinenden Pause sagte er:

„Das ist ein starkes Stück! Dass sie sich aber nur nicht ins eigene Fleisch schneiden, wenn sie uns das Wasser abgraben wollen. Der Bogen ist überspannt. Wir werden alles auf eine Karte setzen!"

O, der während der Worte N 's die Papiere fertig studiert hatte, legte sie zurück auf den Stahlrohrtisch, stand auf und ging sinnend im Stahlrohrbetonbüro auf und ab. Schließlich blieb er hinter L stehen, trat links von L und rechts von K an den Stahlrohrtisch, stützte sich mit beiden Händen darauf ab und sagte mit fester Stimme:

„Ich sehe, sie wollen auf Teufel komm raus den Bogen so weit überspannen, dass das Fass überläuft, aber dass sie sich nur nicht schneiden! Das sind ja Zustände wie im alten Rom."

Plötzlich läutete das Stahlrohrtelefon. L, der am nächsten saß, hob ab.

„Hier Stahlrohrbüro Einhundert ... nein, das war früher ... nein, jetzt nicht mehr, ... das machen wir schon lange nicht mehr ... bitte sehr, gerne."

Die Zeit des Telefonats hatten alle außer L genutzt, nochmals die Papiere lange und auf das Eingehendste zu studieren, um ja nichts zu übersehen. L nahm wieder Platz und sah die Anderen fragend an.

Alle müssten jetzt an einem Strang ziehen und Farbe bekennen, sonst sei der Ofen aus, meinte W, links neben N sitzend und das erwartete Papier, also das, das der Stahlrohrkopierer ausgespuckt hatte, wieder auf den Stahlrohrtisch zurücklegend. Jeder im Stahl-

rohrbetonbüroraum Einhundert war sich einig, jetzt ja nur am selben Strang zu ziehen, sonst schneidet man sich ins eigene Fleisch und der Ofen ist aus. Man wisse schließlich ja, wo es warm rauskommt.

Da wurde die Stahlrohrtür aufgerissen, F steckte seinen Kopf herein und rief aufgeregt:

„Sie sollen alle augenblicklich zu einer dringenden Anhörung in Stahlrohrkommissionsbüroraum Achtzig erscheinen!"

„Die wollen uns doch nur ins Bockshorn jagen, da lege ich meine Hand ins Feuer."

W bat die links neben ihm sitzende G inständig, sich nur ja nicht das Wasser abgraben und ins Bockshorn jagen zu lassen, wenn sie vor den leitenden Kommissionsmitgliedern in Stahlrohrbüro Achtzig stünden, die sicher auf Teufel komm raus versuchen würden, ihnen das Wasser abzugraben.

„Der Ofen ist noch nicht aus, wir werden alle Register ziehen und die Fackel weiterreichen! Die werden sich noch ins eigene Fleisch schneiden!"

„Jawohl, die Karten sind neu gemischt. Jetzt gilt es, an einem Strang zu ziehen!"

K, der am nächsten bei der Stahlraumtür saß, sah an B vorbei direkt zu N und trug ihm auf, beide Papiere in die von L bereitgelegte Stahlrohrmappe zu stecken und mitzunehmen.

Dann standen alle von ihren Stahlrohrsesseln auf und verließen, einer nach dem anderen das Stahlrohrraumbetonbüro Einhundert.

Im Stahlrohrexpressaufzug zu Ebene Achtzig bestärkte sich die eingeschworene Gemeinschaft von Stahlrohrbüroraum Einhundert noch ein letztes Mal, sich nur ja nicht das Wasser abgraben *zu lassen, sondern der Kommission die Stirn zu bieten um Oberwasser zu behalten.*

Der Prunkstahlrohrraum des Prunkstahlrohrbetonraumbüros Achtzig, in dem sich die Untersuchungskommission eingerichtet hatte, war ein geräumiger Prunkstahlrohrbüroraum.

Wenn man durch die Doppelflügelprunkstahlrohrtür eintrat, war die rechte Längsseite durch ein großes Prunkstahlrohrfenster, das einen weiten Blick auf die Stahlrohrlandschaft zuließ, unterbrochen.

Auf der linken Seite stand längsseits ein langer, solide gebauter Prunkstahlrohrtisch, an dem wandseits die Kommissionsmitglieder in Prunkstahlrohrstühlen Platz genommen hatten.

An der anderen Seite des langen Stahlrohrprunktisches, also davor, standen sieben einfache, leere Stahlrohrsessel. Die Heraufgerufenen wurden aufgefordert, sich zu setzen.

B setzte sich genau in die Mitte, konnte deshalb direkt Kommissionsmitglied A über den Prunkstahlrohrtisch hinweg ansehen. N, links neben B sitzend saß so, dass er Kommissionsmitglied U direkt ins Gesicht sehen konnte, G, wiederum links von N sitzend, hatte Kommissionsmitglied P vor sich und L war der Reihenletzte auf der linken Seite von B, der rechts neben sich K sitzen hatte, dem das Kommissionsmitglied D, das links von A saß, ins Gesicht sehen konnte. Rechts neben K kam W zu sitzen, dem rechts O zur Seite saß. Kommissionsmitglied E hatte W und Kommissionsmitglied Z, O vor sich.

„Wir haben sie herzitiert, da die Sache unter den Nägeln brennt."

Kommissionsvorsitzender A stand auf und blickte die Herzitierten der Reihe nach, von l nach r an, also von O zu L.

„Ich nehme an, die Papiere, die sie mitbrachten, hatten sie lange

B, jetzt wieder ruhiger, nahm erneut Vorsitzführenden A aufs Korn. Er wollte es nicht auf sich sitzen lassen, diese brisante Sache in die Schuhe geschoben zu bekommen.

Er nahm seine Stahlrohrbrille vom Kopf und putzte sie langsam und bedächtig mit etwas Stahlwolle und sprach:

„Vorsitzführer A, werte Kommissionsmitglieder. Sie haben uns hier zusammengetrommelt, aber schneiden sie sich nur nicht, wenn sie glauben, uns das Wasser abgraben zu können. Das Fass ist kurz vorm überlaufen. Wir lassen uns nicht ins Bockshorn jagen. Ich lege ihnen nahe, noch einmal, und zwar auf das Genaueste und Intensivste, die vor ihnen liegenden und von uns vorgelegten Papiere zu studieren, um ja nichts zu übersehen."

Das hatte gesessen! Die Kommissionsmitglieder sammelten sich erneut um Vorsitzführenden A, steckten die Köpfe zusammen, um sich auszutauschen.

Die Heraufzitierten aus Stahlrohrbüro Einhundert atmeten auf und glaubten, wieder Oberwasser zu haben.

Die Nachmittagsstahlrohrsonne legte durch das große Stahlrohrprunkfenster ein mildes Licht in den Prunkstahlrohrraum und ließ den Stahlrohrfussbodenprunkbelag glitzern und gleißen.

Eine friedliche, erhabene Stimmung erfasste Alle und schien in jedes klitzekleine Stahlrohratom hineinzukriechen.

F, anscheinend Mädchen für alles, bekam vom Vorsitzführenden A die zwei von B mitgebrachten Papiere mit der Anweisung ausgehändigt, Kopien für alle Kommissionsmitglieder anzufertigen, die F auch tatsächlich in dem an der hinteren, also westlich ausgerichteten Prunkstahlrohrwand stehenden Stahlrohrprunkkopierer anfertigte.

Die Kommissionsmitglieder unter Vorsitz von A hatten ihre Plätze

wieder eingenommen und jeder hatte eine Kopie dieser höchst bri-
santen Papiere in den Händen. Sie begannen, diese als äußerst brisant eingestuften Papiere wirklich lange und auf das Eingehendste
und Intensivste zu studieren, um nur ja nicht etwas zu übersehen.

Die Spannung, die diese Ruhe der Konzentration zäh wie Samt
knisternd durchfloss, wurde fast unerträglich.

Noch bevor im Prunkstahlrohrsaal Achtzig die Kommissionsmitglieder unter Vorsitz von A durch langes und eingehendes Studium der brisanten Papiere zu einer Entscheidung kamen, leuchtete der grossflächige Stahlrohrprunkholofonschirm, der fast die
gesamte Südwand neben der doppeltürigen Stahlrohrprunksaaltür
einnahm, mit einem metallischen Summton auf.

Alle Augenpaare richteten sich auf die mit einem silbriggrün far-
bigen Protzprunkstahlrohrumhang gekleidete Gestalt des Ober-
gleichrichters X, der sich leicht aus seinem in den Farben der
Obergleichrichter gehaltenen, also silbriggrünen Stahlrohrprotz-
prunkstuhl nach vorne beugte und mit einer ins Fleisch schnei-
denden Stimme sprach:

„Das Obergleichgericht erwartet sie in einer Stunde in Obergleichrichterstahlrohrprotzprunksaal Zwei!"

Genau so plötzlich wie er erschienen war, verschwand er auch
wieder vom Schirm.

„Das ist ja ein starkes Stück!"

Kommissionsvorsitzführender A war der Erste, der Worte fand.

„Dass sie sich nur nicht schneiden!", rief auch W und L wie aus
einem Munde.

„Wir lassen uns doch nicht ins Bockshorn jagen."

15

Jetzt riefen alle durcheinander, „sie wollen uns das Wasser abgraben" und „dass sie sich nur nicht ins eigene Fleisch schneiden!" Eines war jedem jetzt klar: sie hatten oben Wind von der jetzt noch brisanter scheinenden Sache, den Papieren, bekommen.

Die Papiere schienen noch um einiges brisanter zu sein als angenommen. Jetzt galt es, auch zusammen mit den Kommissionsmitgliedern, an einem Strang zu ziehen.

Alle Kommissionsmitglieder und die ganzen Belegschaft von Stahlrohrraumbüro Einhundert, steckten ihre Köpfe zusammen und tauschten sich aus. Es galt jetzt, sich nur ja nicht das Wasser abgraben zu lassen, man müsse an einem Strang ziehen.

Die Würfel wären gefallen. Es dürfe nicht sein, dass das Fass überläuft.

Pünktlich wie die Maurer standen die Kommissionsmitglieder von Stahlrohrprunkebene Achtzig und die Belegschaft aus Stahlrohrebene Einhundert vor dem vierflügeligen Stahlrohrprotzprunktor des Protzprunkstahlrohrobergleichrichtersaales Zwei und harrten der Dinge, die da kommen wollten.

C, offensichtlich das Mädchen für alles hier auf Ebene Zwei, öffnete langsam das vierflügelige Protzstahlrohrprunksaaltor zu Obergleichrichterstahlrohrprotzprunksaal Zwei und sie durften eintreten.

Der Stahlrohrprotzprunksaal der Obergleichrichter hatte gewaltige Ausmaße und nahm die gesamte Ebene Zwei ein. Acht riesige, in silbriggrüner Farbe eingerahmte Stahlrohrprotzprunkfenster unterbrachen die sicher gut und gerne, circa so an die, sage und schreibe, etwa 38 mal 9 Meter messende Nordwand und füllten den Protzprunkstahlrohrsaal mit bleikristallenem Hololicht.

Quer in der Saalmitte stand silbriggrün der Stahlrohrprotzsaalprunktisch. Dahinter, fensterseitig und damit nördlich, saßen in

16

der Mitte Erster Obergleichrichter X, links von ihm Obergleich-
richter Y und rechts Obergleichrichter T in den silbriggrün gehal-
tenen, reich mit Gleichrichterfigürchen geschmückten Stahlrohr-
protzprunkstühlen.

X hatte seine ausladende Mütze auf, die ihn durch ihre reich mit
Darstellungen aus dem Gleichrichteralltag verzierten Flächen als
Ersten Obergleichrichter auszeichnete.

C schien genaueste Instruktionen zu besitzen, wohin die Einge-
tretenen zu führen seien, denn die Kommissionsmitglieder U, A
und P mussten die drei einfach gehaltenen Protzprunkstahlrohr-
stühle linker Hand von Obergleichrichter Y, das heißt an der lin-
ken Schmalseite des Protzprunkstahlrohrtisches besetzen und die
Kommissionsmitglieder D, E und Z in den an der rechten Schmal-
seite der Protzstahlrohrprunktisches stehenden, auch einfachen
Protzprunkkotzstahlrohrstühlen, Platz nehmen.

Die Belegschaft von Stahlrohrraumbüro Einhundert wurde von C
zu den sieben noch einfacher gestalteten Stahlrohrprotzprunksses-
seln geführt.

Eigenartigerweise mussten die Belegschaftsmitglieder von Ebene
Einhundert genau in der Anordnung vor dem Stahlrohrprotz-
prunktisch Platz nehmen, in der sie unten, in Stahlrohrprunkraum
Achtzig vor der Kommission gesessen hatten. Offenbar waren In-
formationskanäle ohne Wissen der Heraufbefohlenen evakuiert
und gleichgerichtet worden.

„Jetzt ist Feuer am Dach", murmelte B nach links zu N, „aber die
werden sich ins eigene Fleisch schneiden."

K beugte sich nach links zu B und raunte ihm zu:

„Die wollen auf Teufel komm raus uns das Wasser abgraben."

B warf Kommissionsmitglied A, der von ihm aus an der rechten

17

Schmalseite des Protzprunkstahlrohrtisches zwischen U und P saß, einen vielsagenden Blick zu, worauf langsam A aufstand, den Ersten Obergleichrichter X ruhig ansah und sagte:

„Wenn sie glauben, der Ofen sei aus, schneiden sie sich ins eigene Fleisch. Sie wollen auf Teufel komm raus uns allen hier das Wasser abgraben. Überspannen sie nicht den Bogen!"

Kaum hatte sich A wieder gesetzt, ergriff Kommissionsrechner E, von B aus links an der Schmalseite zwischen D und Z sitzend, das Wort:

„Aber wenn sie uns entgegenkommen, kommen wir ihnen auch entgegen. Wir lassen uns nicht so mir nichts dir nichts ins Bockshorn jagen. Ich lege ihnen hiermit zwei Papiere vor, deren Inhalt sie, wenn sie sie genügend lange und auf das Intensivste studiert haben, als höchst brisant und als starkes Stück einstufen werden."

Erster Obergleichrichter X, der bis dahin geschwiegen hatte, zeigte keine Eile, die ihm von E überreichten Papiere an sich zu nehmen, ja er legte sie sogar unbeachtet vor sich auf den mächtigen, silbriggrünen Protzprunkstahlrohrsaaltisch.

„Wie lange und intensiv ich die Papiere zu studieren habe, lassen sie meine Sorge sein!", *herrschte er den Kommissionsrechner E an.*

„Und überhaupt: Das ist die Höhe! Sie wollen hier auf Teufel komm raus mit dem Kopf durch die Wand?! Dass sie sich nur nicht schneiden, wir sitzen auf dem längeren Ast. Wenn ich sie mir alle vorgeknöpft habe, werden sie sich warm anziehen müssen!"

Der Erste Obergleichrichter war aufgestanden, zu einem der riesigen Protzprunkstahlrohrsaalfenster hingegangen und blickte lange durch das silbriggrün irisierende Protzstahlrohrprunkfensterstahlrohrglas auf die weite Stahlrohrlandschaft.

Diese Zeit wollten die Heraufbefohlenen nutzen, um ihre Köpfe

18

zusammenzustecken und sich auszutauschen, doch wurden sie sofort von den Obergleichrichtern T und Y zusammengestaucht wie daheim bei Muttern, sie haben ihre Plätze bis auf weiteres nicht zu verlassen. Man sei hier nicht bei den Hottentotten.

Wie auf Kommando trat C, Mädchen für alles hier auf Protzprunkstahlrohrsaalebene Zwei, an den Stahlrohrprotzprunksaaltisch, nahm die Papiere und ging beflissen zu dem großen Protzprunkstahlrohrsaalkopierer an der Südwand, um Kopien für die Obergleichrichter T und Y zu erhalten, die er, wieder zurück, ihnen mit devoter Haltung vorlegte.

Erster Obergleichrichter X ging nun schnellen Schrittes zu seinem Platz und setzte sich wieder zwischen T und Y. Zielstrebig nahmen er, T und Y jetzt die zwei Papiere und blätterten sie durch, wie um sich erst einmal einen groben Überblick verschaffen zu wollen.

Aha, gleich werden sie sie lange und eingehend studieren, dachten alle im Protzstahlrohrprunksaal. Und tatsächlich fingen sie an, die Papiere lange und wirklich auf das Genaueste zu studieren, um nur ja nichts Wichtiges zu übersehen.

Wie in einem einstudierten Ritus öffneten sich auf einmal die vier Flügeln des Protzprunkstahlrohrprotztores und zwei Mitarbeiter des Obergleichgerichtes führten Stahlrohrprotzprunkwägelchen mit Erfrischungen herein.

Zuerst wurden die Kommissionsmitglieder von Ebene Achtzig bewirtet, dann erst die Belegschaft von Ebene Einhundert. Aus silbriggrünen Stahlrohrprotzprunkkannen wurden Säfte ausgeschenkt, die in hohen, silbriggrün glitzernden Gläsern serviert wurden.

„Aufstehen!"

Der Gleichrichtergerichtsdiener R war unbemerkt angetreten.

„Das Obergleichrichtergericht verlautet!"

Der Erste Obergleichrichter legte die Papiere vor sich hin, nahm seine silbriggrüne Stahlrohrprotzprunkbrille ab und sprach:

„Also das ist ein starkes Stück! Nein, das ist das stärkste Stück, das mir je untergekommen ist. Auch dass man den Bogen so dermaßen überspannen kann, hätte ich nie geglaubt. Das ist der überspannteste Bogen überhaupt! Mehr überspannen kann man den Bogen nicht. Deshalb wird das Obergleichrichtergericht nicht auf Teufel komm raus mit dem Kopf durch die Wand, sondern die Karten neu mischen. Wenn jemand glaubt, wir lassen uns den Schneid abkaufen, so schneidet er sich ins eigene Fleisch. Die Würfel sind gefallen! Das Obergleichrichtergericht zieht sich zur Beratung zurück!"

Soeben wollten sich die Obergerichtsgleichrichter erheben, da erscholl eine Stimme aus offenbar im ganzen Stahlrohrprotzprunksaal verteilten, verborgenen Lautsprechern:

„Stahlrohrpompprotzprunkebene Eins. Alle Anwesenden in Stahlrohrprotzprunksaal Zwei augenblicklich auf Stahlrohrpompprotzprunkebene Eins in Pompprotzprunkstahlrohrspiegelhalle Eins kommen!"

Die Obergleichrichter, die Kommissionsmitglieder und die Belegschaft von Einhundert, Alle erstarrten augenblicklich. Das war ja ein starkes Stück!

Pompprotzprunkstahlrohrspiegelhalle Eins befahl sie hinauf! Das konnte nur eines bedeuten: jetzt geht es um die Wurst! Man will uns das Wasser auf Teufel komm raus abgraben. Aber nur ja nicht jetzt aufstecken, es gilt nun umso mehr, am selben Strang zu ziehen.

Und so steckten sie die Köpfe zusammen und lebhaft durcheinander diskutierend tauschten sie sich aus.

„Dass sie sich nur nicht schneiden! Die klopfen bei uns auf den falschen Busch. Der Bogen ist damit überspannt. Wir lassen uns das Wasser nicht abgraben. Jetzt geht es um die Wurst!", sprach Erster Obergleichrichter X und alle nickten bejahend. Kommissionsmitglied A legte sorgfältig die brisanten Papiere in seine Stahlrohrmappe und hielt sie fest an sich.

Sie bestärkten sich noch einmal, auf jeden Fall an einem Strang zu ziehen und so geeinigt machte man sich auf den Weg zu Pompprotzprunkstahlrohrspiegelhalle Eins, auf der sehr hoch gelegenen Ebene Eins, die dem Obersten Evakuator direkt unterstand.

Die Hinaufbefohlenen fuhren mit dem Pompprotzprunkstahlrohrexpressaufzug hinauf zu Ebene Eins.

Die Tür des Pompprotzprunkstahlrohrexpressaufzuges glitt auseinander und sie standen in einem sehr hohen, sicher so an die gut und gerne, circa, ungefähr in etwa neunundsechzig Meter hohen, rund gebauten, an eine Eingangsstahlrohrhalle einer typischen Gleiterstation erinnernden Raum.

Vor ihnen stieg eine breite Treppenflucht empor zu einer dunklen, fahl glitzernden, die Treppe abschließenden Stahlrohrfront von, das sahen sie gleich, auserlesenster Qualität. Die Stahlrohre waren erste Wahl, aus dreimal umgesintertem und ebenso dreimal vorverstärkten Stahlrohredelstahl.

Einen inneren Halbkreis in kurzem Abstand zur Wand bildeten lieblich verzierte Stahlrohrgefäße, in denen naturgewachsene, wunderschön stahlrohrfahlfarben blühende Stahlröhrchenblümchen gediehen, die, in der bestehenden Stahlrohrnatur als für lange schon ausgestorben galten, aber für die Pompprotzprunkstahlrohrsaalebene Eins vermutlich extra angezüchtet worden waren.

In regelmäßigen Abständen flossen die Stahlrohrwände wie an Wasserfälle erinnernde breite Bahnen von winzigen, pseudoreal verstofflichten und hochglänzend polierten Holokülen aus schmalen, langen, knapp unter der Stahlrohrraumdecke befindlichen Schlitzen hinunter.

Die Holokülfälle verschwanden in ebensolchen Öffnungen im stahlrohrfahlfarbigen Bodenbelag der Pompprotzprunkstahlrohrempfangshalle Eins.

Zwischen diesen Holokülkaskaden waren Stahlrohrreliefs, die Darstellungen aus dem Evakuieralltag zeigten, in überwältigender Pseudo-Realität und auch aus den teuersten Edelstahlrohren gefertigt.

Wie die Heraufbefohlenen feststellen konnten, war die gesamte Halle in diesen edlen Materialien gehalten. Das Licht schien aus verborgenen Quellen zu kommen und wälzte sich stahlrohrfahl, in pulsierenden Wolken durch die Pompprotzprunkstahlrohrempfangshalle.

Da öffnete sich die Stahlrohrfront oberhalb des Stahlrohrstiegenendes. Anscheinend erwartete man dort oben die Heraufbefohlenen.

Also machten sich die Heraufbefohlenen auf den Weg. B zählte im Stillen mit, es waren in etwa, so an die gut und gerne, vierhundertundeinundzwanzig Stufen. Noch nie waren sie auf dieser Ebene gewesen, zu Ebene Eins hatten normalerweise - wenn überhaupt - nur die Wichtigsten der oberen Zehntausend Zugang und sogar die hatten sich nicht frei auf der Ebene Eins zu bewegen, sondern durften nur bestimmte markierte Bereiche betreten.

Die Zeit zog sich endlos wie ein Strudelteig hin, denn den Heraufbefohlenen kam beim Hinaufstapfen der Pompprotzprunkstahlrohrstufen die Zeit unendlich und das Hinaufsteigen mit jeder erklommenen Stufe um vieles anstrengender vor. So quälten sie sich hinauf und leise vor sich hin fluchend verließ sie nach und nach der Mut und die Resignation wollte Oberhand gewinnen.

Doch sie wollten noch nicht das Handtuch werfen! *Wir werden uns nicht ins eigene Fleisch schneiden, keuchte auf Stufe dreihundertunddreiundachtzig mit letzter Anstrengung Obergleichrichter X zu den auch Ächzenden.*

„Nur Mut, die da oben wollen, dass wir die Flinte ins Korn werfen und uns uns die Kugel geben. Wir müssen gerade jetzt am selben Strang ziehen. Wir werden uns nicht die Kugel geben! Der Bogen ist endgültig überspannt!"

Alle Heraufbefohlenen schöpften durch die Aufmunterung des Obergleichgerichtsrichters erneut neue Kraft. Nein, man wolle sich jetzt erst recht nicht die Kugel geben.

Endlich standen sie oben am Pompprotzprunkstahrohrtreppenende vor dem Eingang des Stahlrohrpompprotzprunkspiegelsaales Eins.

Der Spiegelsaal war riesig. Sicher gut und gerne, circa, so an die in etwa, unglaubliche zweihundertundzehn mal sechsundneunzig Meter im Geviert.

Das Überwältigendste waren die sich ganz langsam um ihre Raumachsen drehenden gigantischen Spiegeln aus aufwändig hergestelltem, stahlrohririsierenden Pompprotzprunkstahlrohrfahlglas, die die vier Saalwände einnahmen.

Durch diese fortwährende Veränderung des Gespiegelten wurden die so schon zermürbten Heraufbefohlenen richtig schwindelig und so manchem wurde leicht übel und wieder bedurfte es aufmunternder Worte wie: „wir lassen uns nicht den Schneid abkaufen" und „nicht um die Burg geben wir uns die Kugel", um sich ja nicht das Heft aus der Hand nehmen zu lassen.

Den einzigen Blick in die Außenwelt gestattete die Saaldecke, eine einzige, in einem Stück gegossene, stahlrohrfahlgrau getönte und konvex ausgeführte Pompprotzprunkstahlrohrglasscheibe. Durch sie schimmerten die Hauptsterne des Bleistiftspitzers, denn, so erkannten verblüfft die Heraufbefohlenen, war es während des mühsamen Aufstieges bereits Nacht geworden.

Die bei diesem Anblick zuerst wie Maulaffen feilhaltende Ölgötzen dastehenden Heraufbefohlenen wurden von vier uniformierten Unterevakuierten in die Mitte genommen und zielstrebig in die Mitte des Pompprotzprunkstahlrohrspiegelglassaales zum auf einem Podest ruhenden Pompprotzprunkstahlrohrspiegelsaaltisch geschleust. Sie durften davor Aufstellung nehmen, denn Stühle gab es für sie, wahrscheinlich absichtlich, keine.

Die drei stahlrohrdunkelfahlen Pompprotzprunkstühle dahinter waren leer.

So ist das also, dachten sich die wie bestellt und nicht abgeholten Stehengelassenen. Wir sollen wahrscheinlich warten bis wir schwarz werden! Dass sie sich nur nicht ins eigene Fleisch schneiden, die haben die Rechnung ohne den Wirt gemacht. Wir geben uns nicht um die Burg die Kugel!

Doch schon nach circa einer Stunde öffnete sich wie auf Knopfdruck ein Wandteil und der dahinter versteckte Holoschirm, ein wahrer Gigant, flammte mit dem typischen Stahlrohrsummen auf.

Das Gesicht des Ersten Prahlpompprotzprunkstahlrohrevakuators persönlich schaute herab auf sie mit stählernem Blick und befahl:

„Prahlpompprotzprunkstahlrohrflucht Null unverzüglich aufsuchen! Wir werden ihnen die Waden nach vorne richten, die Würfel sind gefallen!"

Die letzten Worte überschlugen sich fast vor Zorn.

Das gibt's ja nicht! Die Oberste der obersten Ebenen, die Prahlpompprotzprunkstahlrohrebene Null hatte sich eingeschaltet, dachten die wie bestellt und nicht abgeholt Stehengelassenen. Da

24

muss Feuer am Dach sein! Die wollen uns um die Burg das Wasser abgraben. Eigentlich müssten wir uns spätestens jetzt die Kugel geben!

„Ich schlage vor", *rief Erster Obergleichgerichtsstahlrohrrichter X, nachdem er sich gefasst hatte* „jetzt auf Teufel komm raus aufzutrumpfen, unter allen Umständen dürfen wir uns nicht das Wasser abgraben lassen und die Fackel, komme was wolle, weiterreichen! Wenn die glauben, uns ans Zeug flicken zu können, haben sie sich geschnitten. Auf gar keinen Fall geben wir uns die Kugel!"

„Die klopfen bei uns auf den falschen Busch, wir wissen, wo es warm rauskommt! Die Würfel sind gefallen!", *rief auch B in den sich wieder Mut machenden Haufen der wie bestellt und nicht abgeholt Stehengelassenen und auf Null hinauf Kommandierten,* „trotzdem müssen wir aufpassen wie die Haftelmacher und uns nicht den Schneid abkaufen lassen."

Wie auf Knopfdruck waren plötzlich fünf in ihren Spezialstahlrohruniformen steckende Aufsichtsorgane aus Seitenöffnungen getreten, hatten den sich durch aufmunternde Parolen wieder Mut gemachten, doch jetzt durch den Anblick der Aufsichtsorgane aber schon wieder leicht verunsicherten Haufen in ihre Mitte genommen und durch die selbe Stahlrohrtür, durch die sie gekommen waren, hinaus geschleust.

Es ging einen langen, sich seltsam windenden und immer breiter sich öffnenden Gang entlang.

Unwirklich laut klang der schwere Gleichschritt der Uniformierten in den Ohren der von ihnen Durchgeschleusten.

Schon standen sie vor der dreiflügeligen Stahlrohrtür eines Stahlrohrexpressliftes, der sie sicherlich auf Null hinaufbringen sollte.

Niemand wusste wirklich, wer auf Null arbeitete, selbst der Erste Obergleichrichter stand auf der Seife, als B und K von ihm wissen wollten, was es mit Null auf sich hatte. Der gesamte Stahlrohrbüroturm bis zum Pompprotzprunkstahlrohrspiegelsaal hinauf wusste nichts über Null, nur so viel, wie die Wenigen, die einmal hinaufkommandiert worden waren, berichten konnten, was aber nicht viel war und keinen Aufschluss über Null ergab.

Die Stahlrohrtür glitt auseinander und der auf Null hinaufkommandierte Haufen, von den Uniformierten in die Zange genommen, verlor angesichts des Anblicks, der sich ihnen bot, augenblicklich allen Mut und die Zuversicht, sich doch nicht gleich die Kugel geben zu müssen, schwand.

Sie standen vor einer Stiege, deren Ausmaße schier alles übertraf, was sie jemals an Stiegen gesehen hatten. Sicher so an die, in etwa, circa, sage und schreibe, gut und gerne, eintausenddreihundertundvierundsechzig Stufen - sie wurden einmal von einem auf Null Hinaufkommandierten gezählt - erhoben sich in eine Höhe, deren Ende in stahlrohrdunklem Wolkendunst verschwamm und nicht mehr zu schauen war.

Total erschlagen und zum ersten Mal wirklich völlig entmutigt, starrten Alle diese fast unüberwindbare, sich in schwindelnde Höhe aufsteigende Prahlpompprotzprunkstahlrohrtreppe hinauf und wussten auf der Stelle, wie viel die Uhr geschlagen hatte.

Das war in der Tat ein wirklich starkes Stück! Mit einem Male erkannten sie, der Ofen war aus, nie und nimmer konnten sie nunmehr die Fackel weiterreichen, denn der Bogen war hier und jetzt für sie überspannt. Prahlpompprotzprunkstahlrohrebene Null hatte ihnen einen Strich durch die Rechnung gemacht.

Der Erste Obergleichgerichtsrichter sah gebrochenen Auges in die Runde, die tapfer mit ihm bis zum Schluss an einem Strang gezogen hatte und sprach:

„JETZT können wir uns die Kugel geben."

Das güldene Herz
ein Fürstenroman

Prinzessin Gailinde von Gailingshaus fährt in ihrem Goggomobil - ein spätes Geburtstagsgeschenk ihres erst vor kurzem ohne Vorwarnung und unter Palmen verstorbenen und beerdigten 102 jährigen Gönners Baron Freiherr Brunhold von Brunzenbühl, der ihr höchstselbst noch den mit 200 Karat vergoldeten und mit reichlich Brillanten ausstaffierten Zündschlüssel überreicht hatte - einer ungewissen Zukunft entgegen.

Wird es Prinzessin Gailinde von Gailingshaus gelingen ihrer ungewissen Zukunft entgegen zu fahren und wird der unbekannte Fremde zwei Gassen weiter um ihre Hand anhalten? Lest das erste Kapitel, es heißt:

Gefährliches Schlagloch

Ach, hätte ich doch die Badesachen mitgenommen, dachte Prinzessin Gailinde v. Gailingshaus, schaltete mit Gekreisch in den 2. Gang ihres Flitzers, gab kräftig Zwischengas und brauste mit überhöhter Temperatur des Zweitakters in die Hauptstraße von Gailbrunn, einer 1,5 Millionenstadt am rechten Busen der Natur. Wie es der Teufel will - er zeigte sich in Form eines Getriebeschadens - hatte ihr Bolide plötzlich einen Getriebeschaden. Da im Umkreis von 5 Metern weit und breit keine Werkstätte zu sehen war, fuhr die Prinzessin flugs an den Straßenrand und montierte die rechte Vorderachse ab. Ein Autodieb würde ja keine Karosse ohne rechter Vorderachse entwenden, leuchtete ihr ein. Sodann entfernte sie noch das Lenkrad, sicher ist sicher, versperrte die Dose und warte-

27

te dass sie jemand mitnehmen würde. Es hielten zwar 26 Laster, 32 Limousinen und 16 Fahrräder an, aber man stieg doch nicht zum Erstbesten ein! Aber da hielt schon ein Ral 3000 roter Ferrari mit quietschenden Pneus.

„Wo solls denn hingehen, schönes Fräulein?" Die sonore, guttural gefärbte Stimme kam aus einer scharf geschnittenen, vor Männlichkeit strotzenden Visage. Die Hochzeitsglocken, die ihr im Gemüte erschallten, nahmen der Maid die Sinne.

„Ach, guter Mann, ich wollte nach Neualtenberg zu meinem Oheim, aber soeben ist mir die Schüssel eingegangen", hauchte sie in seine Richtung. Er bat sie, neben ihm Platz zu nehmen und es kam zum Vorstellungsgespräch.

„Darf ich mich vorstellen: Erbprinz Obergraf Freijunker Ludibald Rothäusel von Schamnagel."

„Ich bin Prinzessin Gailinde von Gailingshaus."

„Nein!", entfuhr es aus seinem Munde, „das gibts ja nicht! Ich kenne Euren Oheim, ist das nicht Fürst von und zu Alpherr Rüdigard Obmann von Herzelstühl, der berühmte Züchter der Herzelstühlbrennessel, die nicht brennt und hinfort seinen Namen trägt? Darf ich Euch die Hand küssen, verehrte Prinzessin, denn ich bewundere Euren Oheim sehr."

Er gab ihr einen Schmatz auf die linke Hand, da er Rechtsträger war, dabei verrenkte und verlenkte er sich, verließ die Straße straßengrabenseits und da der Wagen in einem Heuhaufen steckenblieb, beide herausgeschleudert wurden und dabei er auf ihr zu liegen kam, erwachte seine Männlichkeit, als sie so ausgebreitet vor ihm lag. Da kam er nicht umhin, sie zu nehmen. Sie gebar ihm ein Knäbelchen.

Nachher zupften sie sich das Heu aus ihren teuren Kleidern und warteten am Straßenrand, auf dass sie jemand mitnehmen würde. Es hielten 23 Fernlaster, 20 Kleinlaster, 2 Rettungen, 4 Polizeiautos. Aber man stieg doch nicht in jedes dahergelaufene Fahrzeug ein! Endlich bremste das schwarze Dienstfahrzeug eines hohen Geistlichen und eine Stimme rief aus dem elektrisch gesenkten, rechten Hinterfenster:

„Ja das gibts ja nicht! Ihr seid es, Erbprinz Obergraf Freigänger Junker Ludibald Rothäusel von Schamnagel! Wohin ist Euer Begehr? Und wer ist diese schöne Maid an Eurer Seite?"

Nun war Oberfürst Ludibald an der Reihe, überrascht zu sein.

„Nein, das gibts ja nicht! Ihr seid es, Eure Eminenz, Großnuntius der Gräf- und Stiftlichen Pfaffschaft des Herzjesuklosters zur gekreuzigten Mariä Empfängnis zum heiligen Kreuze!"

Und als sich Prinzessin Gailinde vorstellte gab es kein Halten mehr.

„Ich habe Euch, liebe Prinzessin, persönlich aus der Taufe gehoben. Auch mich führt der Weg zu Eurem Oheim. Er bat mich vorbeizuschauen, denn seine Oberköchin läge in den letzten Zügen und ich solle ihr die Beichte abnehmen."

Der Großnuntius seufzte. Nun legte der Chauffeur den siebten Gang in das Getriebe, ließ die Kupplung schnalzen und mit aufheulenden Pferdestärken radierten die Antriebsräder Furchen in den Asphalt.

„Ladimir, nicht so schnell!", maßregelte regelrecht seine Eminenz Ladimir.

„Sehr wohl, Eure Eminenz", folgte Ladimir und schaltete zurück.

Langsam bog die schwarze Stretchlimo um die Hafeneinfahrt und hielt vor dem Herrschaftshaus. 104 Diener, 214 Dienstmädchen, 5 Gärtner und 18 Köche - besagte Oberköchin war nicht dabei, da sie in den letzten Zügen lag - sprangen heraus und öffneten die Wagenschläge. Drinnen in der Bahnhofshalle empfing sie Prinzessin Gailindes Oheim, Fürstgraf von und zu Alphorn Rüdigard von Herzelstühl aufgeregt und führte seine Eminenz sogleich in die Kemenate zur Oberköchin, die darein in den letzten Zügen lag.

„Nein, das gibts ja nicht!", röchelte die Aufgebahrte, „der Herr Nuntius persönlich!", und verstarb.

Daraufhin wurde zum Leichenschmaus gebeten, den die soeben Verblichene noch selbst persönlich zubereitet hatte, das hatte sie sich nicht nehmen lassen und im Speisesaal war bald ein Schmatzen, Glucksen und Geplaudere zugange, dass es eine wahre Freude war.

Da plötzlich wurde eine der 400 Saaltüren aufgerissen und ein gut aussehender, strammer Jüngling stürmte aufgeregt herein.

„Oh, mein Oheim, ein Rotorblatt meiner Spielzeugdrohne brach mir ab!", schluchzte er und gewahrte gleichzeitig die schöne Prinzessin.

„Nein, das gibts ja nicht! Ihr seid hier, Prinzessin!"

Auch die Angesprochene war ganz baff, als sie den gutaussehenden, strammen Jüngling erkannte. War es doch ihr Jugendfreund Prinz Erberecht, den sie schon so lange, seit 11 Tagen nicht mehr gesehen hatte. Erbjunker Ludibald Rothäusel von Schamnagel zog die Braue hoch. 14 Hilfsingenieure stürzten herbei und bekamen die Drohne wieder fit und Prinzessin Gailinde entschwebte mit dem gutaussehenden, strammen Jüngling ins Lusthaus.

„Oh, Geliebte, wie musste ich leiden nachdem Ihr entschwandet!"

„Oh, Geliebter, Ihr fehltet mir so sehr!" Ihre üppige Weiblichkeit übermannte den Jüngling und seine Männlichkeit erregte sich. Da nahm er sie. Nachher zupften sie sich Wacholderbeeren aus den Kleidern und sie gebar ihm einen Jüngelchen, das aber nicht durchkam.

Eben waren sie dran, das Lustschloss zu verlassen, als Ludibald Rothäusel von Schamnagel ihnen den Weg versperrte.

„Das gibts ja nicht! Hier treibt ihr Euch herum, während ich vor Sehnsucht nach Euch vergehe. Verehrte Prinzessin, nicht länger schweigen will ich nun, sagt ab der Liebe zu diesem gutaussehenden, strammen Jüngling und werdet meine Frau!"

Gibt Prinzessin Gailinde dem Werben des Oberjunkers nach und wird sie sein Weib und fordert ihr Jugendfreund Ludibald zum Duell?

Lest das nächste Kapitel, es heißt:

Doppeltes Spiel

Unverzüglich forderte Prinz Alberecht Grossjunker Ludibald zum Duell ob der Schmach, ein anderer verlange seine Geliebte zur Frau zu nehmen.

„Lümmel!", stieß Prinz Alberecht zwischen seinen strahlend weißen Zähnen hervor und schleuderte seinen Fehdefäustling, den er stets bei sich trug, dem Widersacher ins Gesicht.

„Hiermit kommt ihr nicht umhin, mir Satisfaktion zu gewähren! Um Fünfe in der Frühe erwarte ich Euch am südlichen Burgtore unterm Hollerbusch zum Duell."

Die Prinzessin schrie leise auf.

„Nein, lasst ab, sonst gehe ich ins Kloster!"

„Geh doch, Metze!" verlor Forstjunker Ludibald die Beherrschung und Fassung.

„Ja geh nur, Dirne!", schrie auch Prinz Alberecht, noch mehr Beherrschung und Fassung verlierend.

Prinzessin Gailinde packte darob gramgebeugt die Koffer, 18 an der Zahl, nahm Abschied von ihrem Oheim, stieg in das wartende Taxi und ward nimmer gesehen.

Um Fünfe in der Frühe stellten sich die Kontrahenten mit ihren Adjudanten auf der Sauwiese ein. Man wählte Faustfeuerwaffe mit Dum Dum Geschossen. Zwei Knälle und tödlich getroffen sanken beide darnieder. 10 Diener räumten die Sauwiese daraufhin zusammen und man kehrte wieder ins Schloss zurück.

Als dann die Gesellschaft entspannt im Rauchsalonflügel des Herrenhauses bei einem Whisky zusammen saß, trat diskret ein Diener ein, auf einem silbernen Tablett eine Visitenkarte, so groß wie ein A3 Blatt tragend und beugte sich zu Grafregent Almrausch Rüdigard von Herzelstühl.

„Euer Gnaden, das wurde soeben für Euch abgegeben."

„Nein, das gibts ja nicht!", entfuhr es dem Pfalzgrafen, „sie ist gekommen! Und ich habe geglaubt sie sei tot! Wenn das man gut geht ...“

Als die Visitenkarte eintrat, verstummten tausend Kehlen, denn eine wunderschöne Frau stöckelte herein und alle waren überwältigt geradezu von ihrer Erscheinung.

„Ja das gibts ja nicht! Graf Rüdigard! Und all die Jahre glaubte ich, Ihr wäret tot.“

„Was?!“, erscholl plötzlich eine Stimme und einer der Gäste, ein Hühne von einem Manne, ein richtiger Henker, ein Restl, wie das einfache Volk zu sagen pflegt, sprang auf und herbei.

„Das gibts ja nicht!“ Er baute sich vor der Erbleichenden auf.

„Was wollt Ihr hier, ist eine alte Rechnung offen?“

Der Zornige wandte sich zum Pfalzbaron Rüdigard und sprach:

„Mir dünkt, ich bin Euch eine Erklärung schuldig. Wisst Ihr, wer diese Frau wirklich ist? Gräfin Marinella von Funkflug steht vor Euch, die Ihr wahrscheinlich unter dem Namen Gräfin Josminda von Schornenstein kennt.“

Grafbaron Rüdigard musste sich setzen. Das gibts ja nicht, dachte er, diese Dreckente, diese Hurnsau, belog mich all die Zeit!

„Oh, so war unsre Liebe auf tönernen Beinen gestützt und ich ...“, dem Bergbaron Rüdigard versagte die Sprache.

„Wisset, Graf von Herzelstühl, mein Name ist Prinzregent Adelbert von und Zuhälter derer von Schachtenwald ... ich bin Euer Sohn.“

Als das Restl das sprach, verdrehte Graf von Herzelstühl die Augen und griff sich ans Herz.

„Ihr ... seid mein Sohn? Komm an mein Herz, Sohn. nach so langen Jahren ...“ Und sie fielen sich in die Arme.

„Hinweg, Metze!“, ließen sie aus beider Munde wissen.

„Hinfort, Dirne!“

„Ins Burgverliess mit ihr!“, legte Burgfürst Rüdigard nach.

265 Hände packten die Verdorbene, warfen sie in den Schlossparkkerker und sie ward nimmer gesehen.

„Alldieweil, wir hätten uns früher getroffen, wäre uns diese Schmach erspart geblieben", sinnierte Grafschaft Rüdigard zwischen zwei Bissen Käsekrainer, gut durch, auf ihrem Senfbett an Schwarzbrotscherzel.

„Ja, mein Sohn, das Leben ist kein Honig."

Ist jetzt alles Liebe und Waschtrog oder kommt es noch knüppeldick? Wie geht es Prinzessin Gailinde im Kloster? Lest das nächste Kapitel, es heißt:

Im Banne des Roten Grafen

Der Abend senkte sich über Gestüt und Schlosspark hernieder und alle Gäste, die da waren, verstreuten sich in den Grünanlagen. Baron von Herzelstühl und Prinz Adelbert saßen noch in ihren Fauteuils und philosophierten über Gott und die Welt. Kammerdiener Waldebard kredenzte ihnen soeben den 24. Whisky mit den Worten: „wenn Sie den hier probieren möchten, Herr Baron, der verspricht gepflegt die Zentrale zuzuschamottieren." Plötzlich hob im Nebensaale Lärm an, die Rösser draußen scheuten wie vorm Scheiterhaufen und durch die weit aufgerissenen Tore stürmte Herzog Obsessor Willibold von Nordenhorst und wollte sich auf Prinz Adelbert stürzen.

„Gemach, gemach", versuchte Burgbaron von Herzelstühl den Tobenden zu beschwichtigen.

„Was werft Ihr denn meinem Sohne vor?", und zum Diener: „Waldebard, bringe er doch dem Herzog einen Drink, von dem, den wir letztens hatten."

Und nach dem 12. Glase rückte endlich Herzogtum Willibold mit der Sprache heraus.

„Ihr Sohn hat meine Frau verführt!"

Jetzt entglitten Baron Herzelstühl die Zügel.

„Sag auf der Stelle; ist das wahr?!", fragte er aufgebracht seinen Sohn.

„Mein Vater, ich lass mich hier hineinstechen", deutete der

seitlich auf seinen Halse, „aber die Herzogin bot sich mir dar, also nahm ich sie. Sie gebar mir ei ..."

„Ja wenn das so sich zutrug, so verzeiht mir meine Ungestümtheit", meinte von Nordenhorst und mehr zu sich: na warte, Metze, du Misthur du gichtige, du Sauhur, du.

Sichtlich wieder erleichtert, zog von Nordenhorst mit seinem Gefolge ab, fuhr heim ins elterliche Gehölz zu Tannenstein, suchte unverzüglich sein Weib auf, verprügelte sie gar fest und watschnete sie fürchterlich ab.

Während alldem vermochte es die arme Prinzessin Gailinde im Kloster nicht auszuhalten, da das Essen ganz und gar nicht ihrem erlesenen Geschmacke entsprach, auch war ihr Zimmer eine spartanisch ausgestattete Zelle, es gab kein Fernsehen und überhaupt und außerdem.

Eines Nachts nun, die Oberin, die Unterin sowie alle Schwestern schliefen tief und fest, beschloss sie, auszuwandern. Das Nötigste war schnell in 4 Koffern eingepackt. Hell und klar schien der Erdentrabant vom Himmelszelt, als sie sich aus dem Kloster schlich, auf die Landstraße ging und wartete ob sie jemand mitnehmen würde. 16 Lastwagen, 54 Personenwagen, 21 Mopeds boten sich an, doch sie verzichtete.

Als aber ein dunkler Wagen hielt, stieg sie ein. Prinzessin Gailinde nahm auf der Rückbank Platz, neben einem Manne, dessen Erscheinung das dunkle Wageninnere verbarg. Er schien aber sehr vornehm zu sein, denn seine Sprache war von einer ausgesuchten Gestikulation.

„Darf ich fragen, schönes Fräulein, was Euch zu so später Stunde hierher verschlagen hat? Wohin des Weges?"

„Ich ... ich weiß nicht ..." Sie wollte dem Fremden nicht kundtun, aus dem Kloster entfleucht zu sein.

„Nun, darf ich mich vorstellen: Grossherzog Conte Sigisbald von Holzenworm".

Prinzessin Gailinde schmolz innerlich dahin und leise erklangen Hochzeitsglocken hinter ihrer edlen Stirn.

„Prinzessin Gailinde von Gailingshaus ist mein Name,
Eure Lordschaft", hauchte sie, während der livrierte Chauffeur
Fahrt aufnahm. Betört von dem geheimnisumflorten Edelmanne
überkam es sie und gab sich ihm hin. Nachher zupften sie sich
Rosenblätter und Duftbäume aus den Kleidern und sie gebar ihm
ein Knäblein, das aber balde einging.

„Liebste Prinzessin, darf ich Euch in mein Schloss einladen und Euch Kost und Logis anbieten?"

Dankend nahm sie an und er wiederum sie.

Das Schloss erwies sich als eine prachtvolle Immobilie, ruhige
Waldlage, zentral gelegen, mit Zugang zu Fischteichen und 14
Swimmingpools, herrlicher Aussicht, 1247 Zimmern nebst Hal-
lenbädern an der Zahl.

„Mein Leibdiener Lorenzo zeigt Euch gleich Eure Gemächer", sagte der Conte und wies dem Diener an, sie hinüberzu-
führen in den Gästetrakt. War da nicht ein seltsamer Unterton in
seiner Stimme? Wahrscheinlich täuschte sie sich, es war doch alles
zu viel in letzter Zeit für sie.

Die sogenannten Gemächer entpuppten sich als Einzelsaal im vik-
torianischen Stil ausstaffiert und so gar nicht ihren Bedürfnissen
entsprechend. Doch ehe sie bei dem seltsamen Diener Beschwer-
de einreichen konnte, hatte dieser flugs die Türe hinter sich von
außen verschlossen. Sie war gefangen!

Was hat der Rote Graf wohl mit Prinzessin Gailinde vor? Wird sie sich ihrem
Schicksal ergeben oder naht schon bald Rettung?
Lest das nächste Kapitel, es heißt:

Das Schloss der Schrecken

Oh, wie litt die arme Prinzessin in ihrem Gefängnis. Kein ordentli-
ches Bett, nur eines mit 5,3 mal 6,5 Meter im Geviert, nur 7 Wand-

schränke, 4 Badezimmer. Wo sollte sie sich da frisch machen? Ein Fernseher mit lächerlichen 460 Programmen, nur 5 Bücherregale, 6 Meter lang und nur voll mit Büchern. Und erst das Essen! Nur ein Eiskasten, voll mit Hummer, Kaviar und anderen faden Sachen und nur Champagner. Sie sank auf das Bett und weinte leise. Da plötzlich vernahm sie direkt neben der Bettstatt aus der Wand eine leise Stimme:

„Pssst, Prinzessin Gailinde, seid Ihr da?"

Oh, nein, das gibts ja nicht, dachte sie, diese Stimme kenne ich ja!

„Seid Ihr es, Junker Winnefried?" Ihr Herz klopfte.

„Ja ich bin es. Ich sah wie ihr ankamt. Verhaltet Euch unauffällig, ich werde Euch bald befreien, Denn ich bin beim Roten Grafen hier in Stellung und genieße sein Vertrauen. Haltet aus."

Junker Winnefried war hier! Sie hatten vor langer Zeit, vor 2 Wochen etwa, etwas miteinander, eine Grippe und da war es passiert. Sie gab sich ihm hin und er nahm sie daraufhin. Nachher hatten sie sich Stricknadeln und Tabletten aus den Spitalshemden gezupft und sie gebar ihm ein Söhnlein, das er aber nicht als seines anerkennen wollte und es verstieß.

„Junker Winnefried, wieso nanntet Ihr den Conte den Roten Grafen?"

„Es trug sich derart zu, dass er hinfort so geheißen ward, da er von der Farbe rot so besessen wurde und danach alles besitzen musste was Rot trug. Alsdann, bis gleich."

Da erst bemerkte die Prinzessin, dass alles im Zimmer in Rot gehalten war. Erleichtert angesichts der baldigen Befreiung machte sie sich ein Tomatensandwich, nippte an ihrem roten Rübensaft, aß ein paar Erdbeeren. Sodann schlug sie das rote Laken auf und bettete sich. Plötzlich drehte sich der Schlüssel im Schloss, die rote Türe schwang auf und der Rote Graf stand vor ihr.

„Ich fürchte, verehrte Prinzessin, dass ich Euch eine Erklärung schuldig bin." Sprach er mit hochrotem Haupte. Ihr fiel auf, dass er eigentlich rothaarig war. Aber da er sie so ausgebreitet auf der Schlafstatt vorfand, verfestigte sich seine erwachende

Männlichkeit und da kam er nicht umhin, sie zu nehmen. Nachher zupften sie sich Kirschen und Chilis aus den Kleidern und der Graf zündete sich eine Rothhändle an. Nach ein paar Zügen gestand er ihr die Wahrheit.

„Verehrte Prinzessin, bitte glaubt mir, Euch festzuhalten dient nur zu eurem eigenen Schutze. Ein finsterer Geselle, Landvogt Hartmund Zobenstock von Erlenbleu trachtet nämlich, Euch zu entführen, um reichlich Lösegeld von Eurem Oheim abzupressen."

„Oh, Herr Graf, wie wird mir bange …" Entsetzt erbleichte sie und sank halb ohnmächtig aufs Bett. Als sie so schutzlos und halbnackt vor ihm ausgebreitet dalag, erstarkte seine Männlichkeit erneut und er kam nicht umhin, sie sofort und ungestüm auf der Stelle zu nehmen. Nachher zupfte er sich rote Nelkenblätter aus der Kleidung und sie gebar ihm ein Jüngelchen, das aber alsbald im Schlossteich ertrank. Prinzessin Gailinde war noch immer entrückt. Als sie wieder halbwegs zu Bewusstsein gekommen war, fand sie sich alleine im Gemach. da klopfte es leise an die Täfelung.

„Psst, Prinzessin, seid Ihr wach?"
Es war Junker Winnefried.

„Ja, ich bin hier."

„So nehmt die oberste Leiste neben dem Bette heraus und es wird sich ein Durchgang auftun, dann schreitet schnell hindurch."
Sie tat wie ihr geheißen und fand sich in einem engen Gange, in dem Junker Winnefried ungeduldig wartete.

„Ach, wie schön Ihr seid", sprach entzückt der Junker und konnte seine erwachende Männlichkeit kaum bändigen. Sie übermannte ihn und er musste sie nehmen. Nachher zupften sie sich Kerzenreste und Bierflaschenverschlüsse aus den Kleidern und sie gebar ihm einen Bürschlein, das später Stadthalter von Ranzingen wurde.

„Kommt schnell, da lang."
Sie durchquerten enge Seitengänge, verborgen in den Mauern des

Schlosses und kamen schließlich an ein Eisengitter, das ins Freie zeigte. Der kühne Junker Winnefried bog es auf wie nichts und sie standen neben der Schlossmauer.

„Schnell hinüber!", flüsterte er und machte ihr die Räuberleiter, auf dass sie über die Mauer klettern konnte. Dann schwang er sich selbst hinüber.

„Ihr seid frei, seht dass Ihr fort kommt, Prinzessin." Junker Winnefried richtete sich das Haupthaar, knöpfte sich das Wams und die Joppe zu und nahm sie in die Arme.

„Dorten vorne ist eine Kaschemme zweifelhaften Rufes, neben der eine Bushaltestelle ist. Lebt wohl, ich muss zurück", und fort war er.

Guten Mutes, dank ihrer wiedergewonnenen Freiheit, stöckelte sie zur Bushaltestelle. Lärm drang aus der Schänke ihr ans zierliche Ohr, als sie hinzutrat und da sie etwas Durst verspürte, ein. Darinnen war, wie das einfache Volk und die niederen Stände zu sagen pflegen, der Bär los. Ihr Herz schlug auf einmal höher, denn die Spielleute, die da trefflich zu musizieren wussten, waren Derer von Rollenstein, ein Minnesängerensemble, das über die Landen sehr beliebt war beim Jungvolk und sie brachten soeben das Lied „Satisfaktion" dar, das über die Lande sehr beliebt war. Besonders unter den Duellanten galt es als Hymne weit und breit geradezu. Derer waren gar viele zugegen in der Schänke, denn da und dort und im ganzen Saale begannen die jungen Hitzköpfe Duelle auszufechten, aber mit dem Gestühl und so flogen der Prinzessin alsbald die Tisch- und Stuhlbeine nur so um die Ohren, so dass sie austrank und ins Freie trat.

Nicht lange musste sie, wie der einfache Bauersmann zu sagen pflegt, dastehen wie bestellt und nicht abgeholt, da bog schon der Nachtbus aus dem dunklen Tann und hielt an. Ihr zart beschuhter Fuß wollte gerade das Trittbrett besteigen, da hielt eine vornehm aussehende Kutsche mit wiehernden Rossen.

„Kommt, steigt ein zu mir, habt keine Angst", ertönte eine männliche Stimme aus dem Inneren des Gespannes.

Wird Prinzessin Gailinde zu dem Fremden in die Kutsche einsteigen und wird sie weitere Abenteuer bestehen müssen?

Lest das nächste Kapitel, es heißt:

Der weiße Ritter

Aus innerem Widerstreben, sich zu dem gemeinen Volke im Nachtbus dazuzugesellen, nahm Prinzessin Gailinde die Einladung erleichtert an. Im mit brokatenem Samt ausgestatteten Wageninneren gewahrte sie einen vornehmen, äußerst gutaussehenden Manne mittleren Alters aus sichtlich gutem Hause.

„Gestattet, Admiral Fürst Baron Gernbleib von Rossensporn. Und wer seid Ihr, schöne Maid, wenn ich mir die Frage erlauben darf?"

„Prinzessin Gailinde von Gailingshaus ist mein Name."

„Das gibts ja nicht!" Überrascht richtete sich Flottillienadmiral von Rossensporn auf.

„Ich kenne Euren Vater, er ist mir ein guter Freund!"
Jetzt war die Prinzessin an der Reihe, sich aufzurichten.

„Nein! das gibts ja nicht! Ich war noch ein kleines Mägdelein als mein Vater verschwand und ich sah ihn nie wieder."
Dieses Arschloch, dieses mistige, dachte sie bei sich.

„Erzählt mir von ihm", flüsterte sie, denn das Gespräch nahm sie sehr mit.
Plötzlich preschte ein Reiter aus dem Gehölze und versperrte der Kutsche den Weg.

„Los, aussteigen, dies ist ein Überfall! Heraus mit der Gerste!"
Kaum hatte der Strauchdieb seine Worte ausgesprochen, sprengte aus dem Gestrüpp ein Reiter hervor, dass die Forsythien und Gerbera nur so staubten.

„Halt, lasse er die Leute in Ruhe, Kerl! Weiß er nicht, wen er vor sich hat? Ich bins, der weiße Ritter!"

Und er warf seinen Umhang über die Schulter und alle sahen die strahlende, kreideweiße Rüstung des Mannes im Mondenlicht funkeln.

Nein, das gibts ja nicht! Dieser Sautrottel schon wieder, dachte der Unhold, gab augenblicklich Fersengeld und stob ohne Beute durch das Gesträuch in den dunklen Tann und ward nimmer gesehen.

„Ist Euch ein Leid geschehen, schönes Fräulein?", fragte besorgt der weiße Ritter und ergriff galant ihr feingliedriges Händchen.

„Oh nein, dank Eurem beherzten Eingreifen, edler Herr." Das Hochzeitsgeläute in ihrem bezaubernden Kopfe dröhnte immer lauter.

„Kommt doch mit auf mein Schloss, schönes Fräulein, es wird euch an nichts fehlen."

Das Köpfchen drohte ihr schier zu platzen von dem Gebimmel hinter ihrer vornehm gestalteten Stirne und sie ließ sich von dem weißen Ritter auf sein Pferd helfen. Auch Jollenadmiral Fürstling Gernbleib von Rossensporn bedankte sich bei dem edlen Retter, stieg seiner Kutsche zu und fuhr heimwärts.

Es war spät in der Nacht, als der weiße Ritter mit seiner süßen Begleitung in der Burg Brockelstein ankam. Die Dienerschaft und die Burgleute begrüßten die Ankömmlinge überschwänglich. Der weiße Ritter begleitete persönlich die Prinzessin auf ihre zugewiesene Kemenate und weil sie ihm noch einmal zum Danke um den Hals fiel und dabei sich ihre wogende Weiblichkeit an seinen Leib drückte, schwoll augenblicklich seine Männlichkeit auf und er konnte nicht anders, als sie auf der Stelle zu nehmen. Nachher zupften sie sich Reiskörner und Pralinen aus der Kleidung und sie gebar ihm einen Knaben, der aber ein berüchtigter Tunichtgut wurde und früh schon verschied. Und so gingen beide zum Begrüßungsschmaus in den inzwischen festlich geschmückten Burgsaal.

„Edler Herr, Ihr sagtet mir noch gar nicht, wer Ihr wirklich seid", wandte sie sich zwischen zwei Bissen hervorragend gesottenes, ausgelöstes Goldhamsternüßchen an seinem Erdäpfelschmarrn, gut durch, an ihn.

„Bitte versprecht mir, nicht laut aufzuschreien, wenn ich Euch jetzt sage, wer ich bin. Ich bin Euer Vater."

Macht auch nichts, dachte die Prinzessin.

„Oh, Ihr seid mein Vater! Ein Wunder geschah. Lang ists her, da ich euch verlor."

Und als alle Anwesenden erfuhren, dass das schöne Fräulein des weißen Ritters Tochter war, gab es ein Hallo und ein Festmahl wurde kredenzt, das noch lange danach in allen Landen gerühmt und besungen wurde. Als Vorspeise gab es gratinierte Sperlingslippchen mit Meisenöhrchen auf Ribiselschaum, gerebelt, dazu Lämmchenpürzelchen in Brennesselsud, Herzelstühlbrennesseln wohlgemerkt, dann erst die Hauptspeisen: Jungstiernüßchen in ihren Fleischwassern an Kartöffelchen, gut durch, mit Rübenschnitzelchen gefüllte Straußennüsterchen bei gebähten Brotkr...

„Verrat! Es sind Eindringlinge in der Burg!", erscholl es auf einmal. der weiße Ritter und seine Getreuen sprangen auf und griffen zu den Waffen.

„Landvogt Hartmund Zobenstock von Erlenbleu ist mit seinen Mannen in den Burghof eingedrungen!", rief ein Ritter.

„Schnell, bringt meine Tochter nach oben in Sicherheit" wies der weiße Ritter ihn an und mit den Anderen stürzte er sich im Burghof ins Getümmel.

„Nehmt dies!"

Der weiße Ritter gab dem Landvogt einen Kinnhaken der ihn niederstreckte. Darauf hin gaben auch die Mannen des Überlandvogtes den aussichtslosen Kampf auf.

Mit dem Versprechen, nie wieder die Burg des weißen Ritters heimzusuchen, ließ man die Geschlagenen von dannen ziehen und es kehrte wieder Ruhe im Puff ein, wie die niederen Stände und Bauersleute zu sagen pflegen.

Ob des glücklichen Sieges über den Vogt und seinen Kumpanen hob erneut ein Schmausen und Trinken an, dass es eine wahre Freude war. Es wurde feinstes Schwechater Lagerbier gezwitschert, fässerweise herrlicher Schankwein, zu den Schafslungenröhrln in Nierndlsud wurde ausländischer Heckenklescher aus bewölkter Nordlage gereicht. Das Gelage währte 4 Tage und 4 Nächte, bis sämtliche Tafelgäste, einschließlich des weißen Ritters, in einen komatösen Sinneszustand fielen und kreuz und quer liegend ein Geräusch des Rachens hören ließen, das man landläufig als Schnarchen kennt.

Wird es dem weißen Ritter, der Prinzessin und dem Gefolge gelingen, sich von dem Rausche halbwegs zu erholen und wird Prinzessin Gailinde mit der Tatsache fertig, dass sie eine Tochter hat, von der sie gar nichts weiß?
Lest das nächste Kapitel, es heißt:

Die Überraschung

Ei, da staunten aber die Burgleute, als sie sich am Morgen des 5. Tages die Augen rieben und mit Entsetzen in einer ausgebrannten Ruine liegend, wiederfanden. Das gesamte Schloss samt Nebengebäude und Stallungen waren durch eine Feuersbrunst dem Erdboden gleichgemacht worden. Untersuchungen der Feuerwehr hatten später ergeben, Burgknappe Alibert schlief mit brennender Pfeife unter seiner Tuchent ein und so war das Unvermeidliche geschehen.

So eine Hurnsscheiße, dachte sich der weiße Ritter, richtete und säuberte sich den jetzt nicht mehr ganz weißen Harnisch. Prinzessin Gailinde wünschte sich, dass es einen mordstrum Tuscher tun sollte und sie sich in einem Badezimmer wiederfinden würde.

„Auf auf, ihr müden Recken!" Mit aufmunternden Worten versuchte er seine Mannen hochzubekommen, um mit neuem Mute in die Zukunft zu blicken.

„Ach, mein Vater, Ihr habt alles verloren! Wie soll es denn nun weitergehen?", klagte verzagt die Prinzessin.

Da erscholl Hufschlag und ein schön anzusehender Jüngling mit wallendem blonden Haare sprengte hoch zu Ross aus dem strauchigen Unterholz auf das Ruinengemäuer zu und hielt an.

„Ja was denn da los?! Schöne Maid, was trug sich hiererorts zu?"

Die Prinzessin hielt sich die Ohren zu, denn die Hochzeitsglocken in ihrem Köpflein schwollen unerträglich an.

„Wisset, fremder Jüngling, meinem Vater, dem weißen Ritter, brannte die Burg über dem Kopfe ab."

„Ich bin Prinz Herobert von Bruchenfels. Wenn Ihr, weißer Ritter, nichts dagegen einzuwenden habt, will ich Eurer Tochter Unterstand bieten und sie auf mein Anwesen geleiten", sprach der unverschämt gutaussehende Jüngling.

Und so sprang Prinzessin Gailinde pochenden Herzens zu ihm auf das Pferd und sie galoppierten der aufgehenden Sonne entgegen.

Der Jüngling, stellte sich heraus, war der Spross einer unermesslich begüterten Familie eines ausländischen Adelsgeschlechtes, der das halbe Land gehörte. Prinzessin Gailinde musste unverzüglich einen Ohrenarzt aufsuchen, da das Geläute in ihrem wohlgeformten Köpflein unerträglich wurde.

Abends veranstaltete Prinz Herobert von Bruchenfels einen Empfang, der sich, so sagt das einfache Gesinde, gewaschen hat. Er ließ ein Fest gestalten zu Ehren Prinzessin Gailindes.

Doch auch Prinzessin Sulfine von Schlurfenschorf war zugegen, die schon lange auf den Prinzen scharf war, wie der einfache Mann zu sagen pflegt und die die Widersacherin jetzt mit Argwohn beobachtete. Als Prinzessin Sulfine aber erfuhr, wer die Rivalin war, da fuhr sie entsetzt hoch und es wurde still im Saale.

„Was?! das gibts ja nicht! Wisst Ihr, wer ich bin?" wandte sie sich an Prinzessin Gailinde. „Ich bin Eure Tochter Sulfine. Ihr seid meine Mutter!"

Das setzte dem Ganzen die Krone auf, wie die Goldschmiede zu sagen pflegen.
Als die Prinzessin hoch und heilig schwor, davon gar nichts und wirklich nichts,
so wahr ihr Gott helfe, gewusst zu haben und es also nur eine jungfräuliche Emp-

fängnis gewesen sein konnte, wurde sie umgehend vom Oberpapst Großvikar Francesco di Komolka heilig gesprochen.

Ende

Das Interview

ein Hörspiel

Im Senderaum eines Studios sitzen der Interviewer (I) und Professor Doktor Adolf Rampfelsteiner (R). Musik ist zu hören

I: Guten Abend zu Hause, meine Damen und Herren, bei der Sendung aus der Reihe Große Österreicher hier im Studio. Wie immer ist auch das Bürgersteiger Nebelsteintrio dabei, das uns mit ein paar musikalischen Schmankerln unterhalten wird. Das Stück, das Sie soeben hörten, heißt *„Endlich greift die Erderwärmung"* aus ihrer neuen CD *„Hintaus"*.
Nun, auch heute habe ich einen Gast bei mir, den die Eine oder der Andere vielleicht aus den Medien kennen wird, und der mit mir diskutieren wird. Und so möchte ich jetzt hier bei mir Herrn Professor Doktor Adolf Rampfelsteiner begrüßen, den bekannten Lehrer für *Willkür und Ästhetik* am Kirchbach-Institut in Kirchbach . . .

R: Grüß Gott!

I: Das Motto der heutigen Sendung heißt *„Mobiliare Dialektik in der Episodistik"*, zwei Begriffe, die Professor Rampfelsteiner zum Verfassen seiner beiden Publikationen *„Abriss zur Reziprozität von Transformation mobiliarer Dialektik"* und *„Richtig schauen, Versuch der performativen Episodistik"*, veranlasst haben. Ich werde dieses Interview mit dem Herrn Professor in Englisch führen, Sie zu Hause können das gesamte Interview natürlich beim Sender in Deutsch bestellen. So, ich möchte jetzt gleich amal an Professor Rampfelsteiner die erste Frage stellen, ob und wieweit unsere Gesellschaft soziologisch überhaupt bereit ist - und da möchte ich gleich auf Ihr Büchlein „*Richtig schauen*" kommen - ob wir, die Gesellschaft also, uns da nicht zu weit vor wagen, die Konsequenzen einer „*Blickdichte*" beim Schauen, wie Sie es formulieren, an sich abzuschätzen. Wie sehen Sie das nun?

R: Zunächst amal müssen wir uns anschauen, in was für einer Gesellschaft leben wir heute. Wir reisen zum Mars, Mond und so weiter, oder auch nur nach Kritzendorf oder Weitra. Die heutzutage weitgehend „*entkernte*" Familie mit 6 oder hoffentlich weniger Kinder, konstitutioniert sich in der klassischen Mobiliarität, wie ich es bezeichne.
Vielleicht sollte ich den Begriff der Mobiliarität für die Zuhörerinnen und Zuhörer näher erläutern: Mobiliarität kommt ursprünglich von Möbel, ein stationäres Substrat materieller Konstruktion. Die Mobiliarität, umgelegt auf gesellschaftliche Werte, bedeutet nichts anderes als der Wunsch des Menschen nach Unverrückbarkeit, also Sesshaftigkeit.

I: Da kommen wir schon zum „*Schauen*". In Ihrem Buch prangern Sie ja die Bewegungslosigkeit, oder vielmehr eine - aus was für Gründen auch immer - „*inflationäre Schauunlustigkeit*" an. Was hat es mit dieser auf sich?

R: Schaun Sie, das ist so: der schauunlustige Mensch verschließt sich einer reziprozitären Fremderfahrung, zum Beispiel allein nur durch Wegschauen. Wenn ich wegschaue, ja, dann ist, temporär gesehen, das „*Ungeschaute*", kulturwissenschaftlich gesehen zwar transmissionär, doch psychologisch für das Individuum ein quasi Bumerang, wenn Sie so wollen, denn das anschaulich vernachlässigte, das „*Ungeschaute*" sozusagen, kann im Unterbewusstsein Sehnsüchte auslösen, die „*Obsession der Willkür der Ästhetik*" - wie ich es nenne - ist Auslöser für so manche vermeidbare Geistesverstiegenheiten der menschlichen Psyche - vor allem bei Vätern in kinderreichen, *entkernten* Familien, wie ich das oft

46

und oft beobachtet habe.

Also; nicht wegschauen, sondern hinschauen, vor allem aber „richtig schauen". Man muß richtig schauen. Das muss man halt lernen ...

I: ... Ja, zu diesem Aspekt wollte ich gerade kommen, Sie haben mir da das Stichwort gegeben. Richtig schauen: was heißt das konkret? Karl Maibaumer, der schwedische Politphilosoph -

R: *unterbricht ihn* ... Der Maibaumer, ja der hat bei mir studiert ...

I: Aha! Maibaumer hat ja gesagt, Leute, wer wegschaut, schaut vorbei, bitte schauts *richtig*. Er hat wohl damit das Hinschauen, das *richtig schauen* gemeint. Sie Herr Professor, sind ja da noch weiter gegangen - soweit ich Sie richtig interpretiere - und haben ergänzt, dass Vorbeischauen grundsätzlich universalistisch zu begreifen ist. Würden Sie uns das bitte näher erklären, die Zuhörerinnen und Zuhörer sind sicher auch sehr gespannt.

R: Ja, da haben Sie mich durchaus richtig interpretiert. Das mein ich ja. Vorbeischauen ist tendenziär okkupativ universalistisch, da bifurkal sich das Vorbeischauen - und damit ursächlich das Wegschauen - auffächert zum einen in das Schauen an sich, zum anderen als Instrumentalisierung des Psychischen, denn ich habe ja immer einen Grund vorbeizuschauen, wegzuschauen, und der ist rein psychisch. Obwohl wiederum Vorbeischauen auch natürlicherweise eine andere Bedeutung nehmen kann, zum Beispiel, ich kann bei Ihnen vorbeischauen in dem Sinne, dass ich an Ihnen vorbeischaue und zweitens, dass ich bei Ihnen vorbeischaue zu Hause, wohlgemerkt, und bei Ihnen anläute, wissen Sie.

Aber nur soviel dazu, ich möchte nun über das zentrale Thema hier etwas ausführen, über das richtig schauen. Denn Vorbeischauen und Wegschauen haben mit dem *richtig schauen* unmittelbare Berührungspunkte.

I: Gerade wollte ich Sie darum bitten, die Problematik *richtig schauen* uns näher zu erläutern. Ich kann mich erinnern, als Kind bin ich einmal mit meinem Vater gegangen und auf einmal bin ich gestolpert und hingefallen ...

R: ... und ich kann mir vorstellen, was Ihr Vater gesagt hat.

I: Er hat gesagt: kannst du nicht richtig schauen? Und schon habe ich, so schnell habe ich gar nicht schauen können, eine Ohrfeige, eine Watschen gehabt ...

R: ... Na, da sehen sie ja! Entschuldigen Sie, wenn ich Ihnen eine persönliche Frage stelle, weil es um das richtig schauen geht: hat Ihr Vater Sie dadurch insofern angeregt, in Zukunft richtig zu schauen, richtig *hinzuschauen* und so weiter?

I: Durchaus, ja. Ich habe dadurch gelernt, meine unmittelbare Umwelt, mein Umfeld besser, nämlich richtig anzuschauen. Später dann habe ich, wie ich im richtigen Alter war, mich unglaublich bemüht, richtig hinzuschauen. Wie ich dann so ... so Sexheftln gesehen habe, habe ich richtig hingeschaut, hab ich mir alles richtig angeschaut ...

R: ... Das mein ich ja, da lernt man richtig zu schauen ... wie die Frauen so daliegen ... sind Sie verheiratet?

I: Ja, seit geraumer Zeit ...

R: ... und? Ist alles in Ordnung? Weil oft ist es im häuslichen Bereich, im familiären Bereich so, dass mit der Zeit weggeschaut, *vorbeigeschaut* wird, nicht nach vorne geschaut wird.

Klappt alles mit Ihrer Frau . . . ich meine sexuell und so?

I: Na ja, ich muss zugeben, ich habe meine Frau schon lange nicht mehr richtig angeschaut, das stimmt - aber wir sind da jetzt ein bissl ins Private abgeschweift - kommen wir wieder zum Thema zurück, zum *richtig schauen*. Herr Professor, wo sind denn nun die Bereiche, in denen sich die Gesellschaft weiter entwickeln könnte, indem die Menschen richtig schauen, hinschauen, oder sind diese Interaktionsprozesse - auf die Allgemeinheit umgelegt - eine *„exzessive Verausgabung der Wahrnehmungsfähigkeit"*, wie es Krautbacher formulierte?

R: Zu Krautbacher will ich später etwas sagen, jetzt aber zu Ihrer ersten Frage: Diese Bereiche in unserer Gesellschaft sind natürlich heutzutage andere als zum Beispiel in der - der Steinzeit, nicht? Früher waren die Voraussetzungen, richtig zu schauen, andere als heute, der steinzeitliche Mensch musste eine ungleich stärkere Illustrationskraft aufbieten wie unsereiner. Uns wird doch alles vorgesetzt, wir können im bequemen Sessel sitzen und uns alles anschauen, ja sogar wegschauen, vorbeischauen und paradoxerweise sublimieren wir trotzdem die *„utilitaristische Ordnung der ungeschauten Selbstentäußerung"*, wie ich es nenne, das heißt, die reine Innerlichkeit verwirft die äußerlichen Mittel, sich in uns vom mythischen Wunsch zu befreien. Man kann es auch *„gewaltsame Opferhaltung"* nennen, wenn Sie so wollen. Die rückhaltlose Zerstörung der Dringlichkeit, sich die Dinge richtig anzuschauen okkupiert zentral die gewählte Mobiliarität und der Kreis schließt sich. Und jetzt möchte ich zu Krautbacher etwas hinzufügen: seine Theorie der *„exzessiven Verausgabung der Wahrnehmungsfähigkeit"* bezieht sich in erster Linie auf die Verfügbarkeit des Geschauten, des geschauten Objekts, das bedeutet, das zu schauende Objekt transmutiert zum Blickfang und gibt sich so erst preis! Das darf man nicht vergessen und insofern wird unser Blick dann zielgerichtet. Da beginnt dann erst nach Krautbacher das eigentliche

Schauen, und zwar nach Möglichkeit das „*richtige Schauen*".

I: Kommen wir wieder zurück zur Mobiliarität, einem Zentralbegriff in Ihrem Werk. Sie sagen, dieses Streben des Menschen nach Unverrückbarkeit, nach Sesshaftigkeit ist archaischer Urinstinkt im Verbleibenwollen der Nichtmobilität.

R: Ich sag immer, die Menschen müssen dazuschauen, jeder sollte schauen, wo er bleibt. Das moralische Ich in radikaler Selbstaufgabe, sag ich immer, ist der erste Schritt, die angestrebte Mobiliarität selbstanschaulich zu ritualisieren, das heißt, ich komme mir gut vor, nur herumzusitzen und nichts tun, in die Luft schauen. Jeder will ja im Grunde eine Ruhe haben und die Anderen sollen schaun, wo sie bleiben, dass sie weiter kommen. Das Idealbild wäre ja, jeder sitzt herum und tut nichts, wohin man schaut, herrscht Ruhe. In diesem Idealfall wäre erstmals die Voraussetzung für jedes Gesellschaftsmitglied gegeben, endlich kollektiv *richtig schauen* zu können.

I: Wieder einmal ist unsere Sendezeit viel zu kurz. Herr Professor, ich danke Ihnen, dass Sie sich die Zeit genommen haben, zu uns zu kommen.

R: Gerne.

I: Zum Abschluss, meine Damen und Herren, spielt das Bürgersteiger Nebelsteintrio das Stück „*Endlich sind die Gletscher weg*"

ENDE

Der arme Mann

Ein kleines Drama unter der Armutsgrenze

Es war so um die Mitte des vergangenen Jahrhunderts, da lebte in erbarmungswürdigen Verhältnissen ein wirklich ganz armer Mann. Er war so arm, dass er nicht einmal einen Namen hatte. Von den Bewohnern des Dorfes, an dessen Rand sich seine Behausung befand, wurde er nur mit „armer Mann" angesprochen, da er, wie gesagt, sich aus lauter Armut keinen Namen leisten konnte. Solchen vergab nur gegen entsprechendes Honorar der amtlich beeidete Dorfnamensgeber und - wenn zum Beispiel ein Individuum so mittellos war, dass es deswegen leider vom Dorfnamensgeber keinen zugeteilt bekommen hatte - die allerhöchste staatliche Stelle in Namensfragen, das staatliche Katasteramt und Volkszählungsamt für Namensfragen und Namensänderungen.

Der arme Mann konnte auch keiner wie immer gearteten Beschäftigung nachgehen, da er, weil er so arm war, nichts in seinem Leben gelernt hatte. Und so war es unumgänglich, dass er immer ärmer und ärmer wurde. Nicht einmal Küchenschaben oder Mäuse konnte er sein Eigen nennen, denn es gab in der ganzen Behausung nicht das kleinste Brotkrümelchen, das als Nahrung dienen hätte können.

So saß er wie jeden Abend zur Abendessenszeit vor leerem Teller, als es an der Tür klopfte. Der arme Mann schleppte sich mühsam zur selbigen und öffnete.

„Sind sie der arme Mann?", ertönte forsch die Stimme des Fremden, der eine schwarze Lederaktentasche in seinen Händen hielt.

„Ja, der bin ich …"

„Darf ich eintreten? Ich komme in einer wichtigen Sache zu ihnen, die keinen Aufschub duldet!"

Sprachs und ohne die Antwort des verdutzten armen Mannes abzuwarten, trat er mit festen Schritten ein, ging schnurstracks zum Tisch, setzte sich und blickte dem armen Mann unverblümt in seine trüben Augen.

„Nun, armer Mann", sagte der Fremde und griff zugleich in seine schwarze Lederaktentasche.

„Um Ihnen den langen Marsch durch die Instanzen zu ersparen, können wir das Notwendige hier erledigen."

Es war ein Namensantragsformular, das er ausfüllbereit auf den Tisch legte und den armen Mann ansah.

„Nach gewissenhafter Durchsicht und Prüfung sämtlicher Kataster unserer Volkszählungsevidenzen stießen wir auf eine auffällige Ungereimtheit, zusammenhängend mit ihrer Person. Es stellte sich heraus, dass keine Namenseintragung bezüglich dieser ihrer Adresse eingetragen ist. Folglich muss ich hiermit offiziell ihnen einen Namen geben und diesen in dieses Formular hier eintragen, um sie künftig beim Namen nennen zu können. Ich frage sie hiermit, haben sie einen Vorschlag, wie sie sich nennen wollen? Wenn nicht, bin ich befugt und gezwungen, einen Namen zu bestimmen. Sollten sie mit dem Namen nicht einverstanden sein, können sie eine Namensänderung beim zuständigen Registeramt für Kataster- und Evidenzangelegenheiten einreichen."

Der arme Mann konnte sein Glück kaum fassen, endlich einen Namen zu bekommen! Er überlegte hin und her, aber es wollte ihm nicht um die Burg einer einfallen.

„Nun, ich warte ..." Der Beamte klopfte mit seinen Wurstfingern ungeduldig auf die Tischplatte. Endlich konnte sich der arme Mann nach langem Überlegen zu einer Entscheidung durchringen.

„Bitte verzeihen sie", sprach der arme Mann, „ist es möglich, „Armer Mann" genannt zu werden? Armer als Vorname und Mann als Nachname?"

„Ja, das sollte möglich sein", nickte der Beamte.

„Also: Herr Armer Mann ...", sprach er, während er in das Kästchen „männlich" ein Kreuzchen machte, das Formular mit beamtlicher Routine ausfüllte, es vom armen Mann unterschreiben ließ, es zurück in seine schwarze Lederaktentasche schob, um ein weiteres Formular daraus zu entnehmen.

„Also, Herr Armer Mann", fing er wieder an, „jetzt geht es um eine andere Sache, nicht minder wichtig; es betrifft nämlich ihren Ehestand. Sie sind, da sie jetzt einen Namen haben, verpflichtet, wie alle Staatsbürger mit Namen, in den Ehestand zu treten. Und so frage ich sie: haben sie schon eine Frau im Auge? Wenn nicht, bin ich vom Amt ermächtigt, ihnen eine Ehegattin zuzuteilen. Sollten sie mit dieser meiner Wahl nicht zufrieden sein, mache ich sie darauf aufmerksam, sie können innerhalb von 14 Kalendertagen, sofern der 3. eines angefangenen Monatstages nicht auf einen Freitag fällt, außer der 2. Wochentag des abgelaufenen Monats fällt auf einen ungeraden Monatstag, auch diesbezüglich ein Einspruchsrecht beantragen, das aber ausnahmslos im hiesigen Katasteramt für Namens- Ehe- und Evidenzänderungen einzubringen ist."
Der arme Mann konnte erneut sein Glück kaum fassen. Er würde heiraten! Aber natürlich kannte er niemanden, wie denn auch. Aus lauter Armut hatte er ja nie die Gelegenheit, eine Frau kennenzulernen.

„Nun, können sie mir einen Namen nennen?"
Die Wurstfinger des Beamten trommelten ungeduldig einen Hochzeitsmarsch auf die Tischplatte. Der arme Mann musste verneinen, er wüsste keine Frau, die in Frage käme.

„Alsdann, wenn das so ist ...", der Beamte blätterte in einem dicken Namensregister, das er schnell aus seiner Aktentasche hervorzog, „ ... habe ich hier die passende Frau in Evidenz. Eine gewisse Frau *Arme Frau*, wohnhaft unweit von ihnen, in der Armstraße ...". Er füllte das Formular aus, ließ den armen Mann unterschreiben und schloss mit den Worten:

„So, die Vermählung findet morgen, dem 13. 7. im Städtischen Kataster- und Magistratsamt 114 statt. Bitte geschneuzt und gekampelt zu erscheinen."

Die Hochzeit wurde zum genannten Zeitpunkt rechtsgültig vollzogen, aber es kam zutage, dass die arme Frau aus lauter Armut keine Arme hatte, um den armen Mann zu umarmen. Doch das hinderte die Beiden nicht, den Staatlichen Geschlechtsakt zu vollziehen und es ward ein Kindlein geboren mit dem Namen *Armes Kind*.

ENDE

Kasperl und das Testament
ein Kaspertheater

Der Vorhang geht auf. Kasperls Wohnzimmer ist zu sehen. Zwei gemütliche Sofas, Einbauschrank mit Getränkebar, Stereoanlage. Kasperl und Pezi lungern in ihren Sofas mit einem Drink in den Händen. Laute Technomusik. Pezi swingt jetzt mit und bewegt sich wild im Sofa.

Kasperl: Geh, Pezi, dreh die Scheissmusik ab! Da wird man ja ganz blöd im Schädl. Und du auch! *er dreht sich zum Zuschauerraum* Sagts Kinder: soll der Pezi die Scheissmusik abdrehen oder nicht?

Kinder: Jaaaa! Jaaaa! Pezi, dreh die Scheissmusik ab!

Kasperl: Was habts gsagt? Ich hab nichts verstanden. Ich glaub, ich hab zwei Lutschker in den Ohrn.

Kinder: Pezi soll die Scheissmusik abdrehen!

Pezi: Aber Kinder, ich soll die Scheissmusik abdrehen? Schade, sag ich da nur.

Kinder: Jaaa! Jaaaa!

Pezi: Ui zwick, so muss ich wohl oder übel die Scheissmusik abdrehen. *er dreht die Scheissmusik ab*

Pezi : Na, und jetzt ist euch leichter?

Kasperl: Du, Pezi, da fallt mir ein, ich hätts fast vergessen, wir sind ja heut eingeladen! Beim Förster Waldemar sind wir zum Wildschweinessen eingladen. Ah, da freu ich mich schon. Seine Frau macht dazu immer die guten Erdäpfelknödeln. Ahhh!

Pezi: Genau! Wir sind ja eingladen - *stockt* - aber Kasperl, da … da müssen wir ja durch den dunklen Wald durch, wo ich mich immer so fürchten tu, ob der Räuber, der in dem Wald wohnt, uns auflauert. Schau, ich krieg schon eine Gänsehaut!

Kasperl: *lacht* Aber Pezi, du brauchst doch keine Angst haben. Für was hab ich mir denn eine Puffen kauft? *er geht zum Wandschrank holt eine Pumpgun raus und ballert zweimal in die Zimmerdecke, dass der Luster und die halbe Decke runterkommt.* Siehst, was glaubst, wenn da ein Räuber uns auflauern tät, wie der nachher ausschauert! *Zu den Kindern* Kinder habt ihr auch Angst?

Kinder: Neiiiin! Neiiiin!

Kasperl: Hättet ihr auch gern so eine Puffen zuhause?

Kinder: Jaaaa! Jaaaa!

Plötzlich läutet das Telefon

Kasperl: Horch, das Telefon läutet. Pezi, soll ich abheben? Er *nimmt einen Schluck aus seinem Glas.*

Pezi: Vielleicht ists der Weihnachtsmann, der uns schon jetzt im Mai für nächstes Weihnachten die Geschenke bringen will und er möcht sich vergewissern, ob wir zuhause sind . . .

Das Telefon läutet immer noch
Kasperl: Aber geh, Pezi, der wird doch nicht schon im Mai zu uns kommen. Kinder, was meint ihr: soll ich abheben?

Kinder: *alle durcheinander* Jaaaa! Neiiiin! Jaaaa!

Kasperl: La? Soll ich abheben? Na, gut.

Er will zum Hörer greifen, aber das Telefon hat aufgehört zu läuten.

Kasperl: Shit! Jedesmal dasselbe! Es hört immer dann auf, wenn ich hingreif. Na gut, macht nix, war sicher nicht so wichtig. Alsdann Pezi, mach ma uns auf die Socken. *er verstaut die Pumpgun in seinem Rucksack und steckt die Patronenschachtel in Pezis Tasche* Die Patronen tragst aber du, ja?

Pezi: *hängt sich die Tasche um* Scheiss mi an! Die ist aber schwer. Hast du da die 40 Patronen für die 40 Räuber drin?

Kasperl: *hängt sich den Rucksack um* Komm Pezi, gemma. *zu den Kindern* Kinder, wollts auch mitkommen, wir gehen durch den dunklen Wald zum Förster!

Kinder: Jaaaa! Jaaaa!

Vorhang

Das Zimmer des Räubers. In der hinteren Ecke türmen sich Kar-

tons mit Fernsehern, Stereoanlagen, Computern, Mixern etc. Der Räuber sitzt am Tisch mit dem Telefonhörer in der Hand.

Räuber: Ha Ha! Der Kasperl und der Pezi sind nicht mehr zu Hause. Die sind sicher schon unterwegs zum Förster. Da mach ich mich gleich auf den Weg runter zur Teufelsschlucht, da müssen sie durch. Dort werd ich sie ausrauben, dass sie die Engerln singen hörn!

Kinder: Pfuuuuiiii! Pfuuuuiiii!

Räuber: Was heisst pfui, Kinder? Ich muss schliesslich auch von was leben. Ich bin nurein armer Räuber, der schaun muss wo er bleibt.

Kinder: *durcheinander* Verkauf die Fernseher! Geh arbeiten!

Räuber: Ihr seids gut! Wer kauft mir die vielen Fernseher ab? Na? Und arbeiten, wer nimmt schon einen Räuber wie mich. Höchstens die Polizei mich mit, zum einsperren. *er erhebt sich* Genug jetzt, es wird Zeit! Kasperl und Pezi sind nicht mehr weit. *er steckt einen riesigen Revolver in den Hosenbund und poltert zur Tür raus.*

Vorhang

Der dunkle Wald. Grosse Bäume stehen dicht bei einem moosbedeckten Stein, um den gerade Kasperl mit schussbereiter Pumpgun und Pezi herum gehen.

Pezi: Ui jegerl! Ist es da finster. Kasperl ich fürcht mich so!

Wenn jetzt der Räuber kommen tät, tät ich ihm alles geben was ich hab. Ich hab zwar nix ausser die Patronen und einen mordsmässigen Hunger.

Kasperl: Keine Angst, Pezi, ich bin ja bei dir. Wir sind , glaube ich, bereits in der Teufelsschlucht, da sinds nur mehr 6 Stunden zum Förster seinem Haus. Um Mitternacht sind wir dort. *er horcht und sieht sich nach allen Seiten um* Du, Pezi, hast du eben auch was gehört?

Pezi: Ja, mein Magen kracht wie ned gscheit. *er zittert vor Angst* Kasperl, wenn jetzt der Räuber kommen sollt, schmeiss ich ihm gleich so die Patronen zu, da brauchst gar nicht schießen, ja?

Kasperl: Aber Pezi! Du bist ja gestört. Immer nur Unsinn im Schädl. Psssst! *er lauscht*

In diesem Moment tritt ihnen der Räuber mit vorgehaltener Pistole in den Weg.

Räuber: Halt, das ist ein Überfall! Geld oder Leben!

Kasperl: *sieht genauer in die Mündung des Revolvers* Ist der auch geladen?

Blitzschnell hebt er das Gewehr und will abdrücken, aber es geht nicht los.

Pezi: Ui zwick! Jetzt kömma gute Nacht sagen. Du hast vergessen sie zu laden, ich hab ja die Patronen in meiner Tasche. Soll ich sie ihm zuwerfen?

Räuber: Goschen halten! Her mit der Puffen, dem Rucksack und der Tasche! Betrachtet euch als ausgeraubt!

*Kasperl gibt ihm seine Pumpgun und sein Geldbörsel, Pezi hän-
digt ihm Tasche und auch die Brieftasche aus. Der Räuber verschwindet hämisch lachend hinterm Busch*

Kasperl: So was! Pezi, wir sind soeben ausgeraubt worden!
Kinder, habt ihr das gesehen? Wie der Räuber uns unsere Sachen
abgenommen hat? Wieso habt ihr uns nicht geholfen? Hat niemand von euch den Räuber niederhauen können?

Kinder: Nein, wir haben uns sooo vor dem Räuber gefürchtet!

Kasperl: Ja, das glaub ich sofort, wir haben uns ja auch
sooo gefürchtet. Aber einreissen darf das nicht, gell? Kinder, darf
das einreissen?

Kinder: Neiiiin, neiiiin!

Pezi: Rawuzikapuzi! So was ist mir noch nie passiert. Das
erste Mal, dass ich ausgraubt worden bin. Kinder, seid ihr auch
schon einmal ausgraubt worden?

Kinder: *durcheinander* Nein! Einmal! Schon oft!

Pezi: Mir zittern jetzt noch die Knie bis zu den Ohren.
Und schade ums Geld, aber es hat eh nicht mir ghört. Das hat mir
der Grossvati mit geben, um drei Käsekrainer mit süssem Senf fürs
Nachtmahl zu kaufen, weil wir nichts mehr zu Hause ghabt ham.
Jetzt kauft sich sicher der Räuber die Käsekrainer.

Kasperl: Blöd ist auch, Pezi, dass du nicht dein Handy dabei hast, weil da könnten wir die Polizei anrufen, dass sie den Räuber verhaften soll. Wirklich zu blöd.

Pezi: Ja, das ist sogar sehr blöd, aber der Akku war schon leer und ich hab vergessen ihn aufzuladen. Wirklich ganz, ganz saublöd!

Kasperl: Aber Pezi! Sag nicht immer so! Aber wir müssen weiter, sie Försterin wartet auf uns mit dem Abendessen. Mir läuft schon das Wasser im Mund zusammen!

Vorhang

Die Wohnung des Försters. Das Esszimmer. Ein gedeckter Tisch mit Suppentopf, Wildschweinbraten und eine Schüssel mit dampfenden Erdäpfelknödeln

Försterin: Mein Gott, Alles wird ja kalt! Ja wo bleiben sie denn!

Förster: Ich versteh das auch nicht. Die müssten doch schon längst hier sein. Es wird ihnen doch nichts zugestossen sein? *er nimmt sein Handy und wählt, aber vergeblich* Hoffentlich ist ihnen nichts passiert!

Die Kinder im Zuschauerraum beginnen durcheinander zu rufen

Kinder: Der Räuber! Der Räuber hat Kasperl und Pezi ausgraubt!

Förster: Was sagt ihr da, Kinder? Der Räuber hat sie ausgraubt? Darum sind sie noch nicht da. Da werd ich gleich den Polizisten anrufen. *wählt*

Försterin: Du lieber Gott! Die Armen! Hoffentlich hat ihnen der Räuber wenigstens Hemd und Hose gelassen!

Da klopft es. Der Förster stürzt zur Tür und öffnet. Draussen stehen Kasperl und Pezi.

Försterin: Endlich, da seids ihr ja!

Kasperl: Grüss Gott, Frau Försterin, Hallo, Herr Förster.

Pezi: Wui, hab ich einen Hunger kriegt von dem Überfall!

Försterin: Grüss dich, Pezilein, grüss dich Kasperl. *sie gibt Pezi ein Busserl*

Pezi: *zu sich* Pfui, ist das nass!

Förster: Die Kinder haben es uns schon gesagt, der schlimme Räuber hat euch ausgraubt . . .

Pezi: *unterbricht ihn* Ja, das war voll wild und wir ham irre Angst ghabt, ich weniger, aber der Kasperl hat nicht amal schießen können, so Angst hat er ghabt und da hat uns der Räuber Alles abgnommen samt Geldbörsel, der Schuft. Hoffentlich derwischt ihn der Polizist und erschießt ihn gleich oder hackt ihm die Händ ab!

Kasperl: Na na, Pezi, ist ja gut. Du hast wieder amal eine blühende Fantasie . . .

Pezi: Die hab ich immer, aber Sorgen mach ich mir wegen Großmutti und Großvati, weil mir ja der Räuber das Geld abgnommen hat für die Käsekrainer fürs Abendessen. Hoffentlich verhungern Großmutti und Großvati nicht derweil . . .

Försterin: Aber Bub, die werden doch nicht gleich verhungern. Nimmst ihnen halt was mit, einen Wildschweinbraten und Knödeln, wir haben ja genug. Da freuen sie sich sicher!

Pezi: Au ja, Das ist lieb von dir. Sie sind doch keine so alte Zarge, wie Kasperl immer . . .

Kasperl: *fährt dazwischen* Jetzt ists aber genug, Pezi! Halt den Mund, ja? *zu den Förstersleuten* Entschuldigts, er hat immer so ein freches Mundwek. *seufzt* ja ja, die Jugend . . .

Försterin: Kommts, tun wir essen, sonst wird alles kalt. Kasperl, du sitzt dort und du, Pezi, setzt dich da zu mir.

Pezi: Ahh, das duftet urgeil! *alle essen*

Kasperl: Geh, Pezi, gib mir amal die Soße rüber, ja?

Pezi: Ich hab einmal ghört, wenn man zuviel Soße isst, dann wird man ganz voll blau im Gesicht und kriegt einen urflachen Schädl, hinten, und man kann dann gar nimmer richtig denken und so . . . aber da hast halt die Soße. *reicht Kasperl die Soße*

Kasperl: Wenn du weiter so schlimm bist, dann bleibst nächstes Mal zuhause, so was.

Försterin: Nehmts euch nur, es ist genug da.

Förster: Ah, ist das gut. *zur Försterin* Da hast dich heut wieder selbst übertroffen.

Pezi: Ja, das ist wahr, so gut hats mir schon lang nicht mehr gschmeckt. Nur das Rahmfleisch von meiner Großmutti gestern hat mir noch besser gschmeckt.

Kasperl: Pezi! Du Rotzbär, du. Halt dein Mund! *entschuldigend zur Försterin* Dafür werd ich ihn an seinen Ohrwascheln heimschleifen, den Rotzer. Sagt einmal, Kinder: soll ich den Pezi das freche Maul zunähn oder an den Ohren heimschleifen?

Kinder: Neiiin! Niiicht!

Kasperl: *zu Pezi* Da hast wieder einmal Glück ghabt, Pezi. Also in Zukunft ein bissl weniger vorlaut sein.

Pezi: *kleinlaut* Ihr seids so gemein zu mir. *weint*

Försterin: Aber Pezilein, wein doch nicht gleich so. Weil du immer gar solchene Gschichten erzählen tust, dann redst dich oft in einen Wirbel hinein und schon sagst Sachen, die meinst gar nicht so, gell? Komm, da hast eine Schokolade.

Pezi isst die ganze Tafel Schokolade auf einen Sitz zusammen. Da läutet das Telefon. Der Förster hebt ab

Förster: Hier der Förster - wer? - Ah so - wie? Ja, das geht - wo? - Ja, die sind beide bei mir! - so ein gemeiner - Ja, wir ham grad gegessen - was? - Nein, Wildschweinbraten mit Knödeln - ja, wie immer - nein, Mineralwass - ja, ich darf nicht, wegen - gut, bis dann! *er legt auf* Grad hat mich der Polizist angrufen und hat gemeint, dass er noch vorbei schauen und mit Kasperl und Pezi wegen dem Überfall reden will.

Kasperl: Das ist gut, weil schliesslich muss er den Räuber ja bald fangen und einsperren, dass er nicht wieder so unschuldige Leute wie wir ausrauben tut. Gell, Pezi?

Pezi: Mir macht das nix mehr, ich lass mich sofort gerne

wieder ausrauben, weil ich hab eh nix mehr. Da tät der Räuber blöd schaun, wenn ich nix mehr hab. Da sag ich dann zu ihm Herr Räuber, hätten sie mir beim ersten Mal ausrauben ein bissl was glassen, dann hättens jetzt noch ein bissl was zum rauben. Aber so hat er gar nix mehr, der blöde Räuber.

Kasperl: Pezi, da hast aber eigentlich recht.

Da klopft es an der Tür. Der Förster macht auf und herein tritt der Polizist

Polizist: *salutiert* Grüß Gott, alle miteinander. Meine Verehrung, Frau Försterin.

Alle grüßen zurück. Der Polizist zückt Schreibblock und Kuli

Polizist: Alsdann, Herr Kasperl, ihren Namen bitte . . .

Pezi: *unterbricht ihn* Lieber Herr Polizist, wieso fragen sie den Kasperl nach seinen Namen wenn sie ihn eh wissen, oder werden sie ihn gleich wieder vergessen, weil sie angsoff . . .

Kasperl: Aber Pezi! Der Herr Polizist schreibt ein so genanntes Protokoll, das ist Vorschrift. Und jetzt sei nicht so vorlaut.

Polizist: Also: Sie heissen Kasperl und sind mit Pezi nach hierher unterwegs gewesen, als in der Teufelsschlucht der Räuber mit vorgehaltener Schusswaffe hinter einem Busche hervortrat und sie ausraubte. Stimmt das?

Kasperl: Genau so wars, ganz genau. Stimmts, Pezi?

Pezi: Stimmt ganz, aber wirklich ganz genau. Wieso wissen sie das so ganz genau, Herr Polizist? Waren sie dabei?

Polizist: Nicht so vorlaut sein, Pezi! Sonst kanns dir passieren, dass du in den Kotter kommst, da werden dir schon die Spässe vergehen. Na, Kinder, sagts amal: soll ich den vorlauten Pezi in den Kotter werfen und ihn für14 Tage drin vergessen, oder soll ich ihm mit der Gummiwurst einen zweiten Scheitel ziehn?

Kinder: Neiiiin! Neiiiin! Niiiicht!

Polizist: Glück ghabt, Pezi. Also sei schön brav, sonst staubts in der Fechtschule.

Kasperl: *leise zu Pezi* Kusch jetzt!

Försterin: Na, was ist: wollts ein Schnapsl?

Kasperl: Da sagma nicht nein.

Pezi: Alle dürfen sich ansaufen, nur ich nicht, wo ich es doch eher verdienen würde, weil ich mich ja so gfürchtet hab, wie uns der Räuber ausgraubt hat.

Polizist: Ja diese Räuber, dieses Gsindl! Wenn ich nur wüsst wo der wohnt. Der versteckt sich halt gut. Na ja, früher oder später werd ich ihn sowieso derwischen, diesen Sauhund, den.

Pezi: Lieber früher als später, wenn ich was sagen darf.

Kasperl: So, aber jetzt müssen wir aber wieder aufbrechen, sonst wirds gar zu spät. Vielen Dank für das gute Essen und auf Wiedersehen. Herr Polizist, hoffentlich fangens den Räuber bald.

Pezi: Ich muss auch gschwind nach Hause, denn Großmutti und Großvati sind sicher schon verhungert und machen sich große Sorgen.

Kasperl und Pezi gehen bei der Tür hinaus

Vorhang

Zu Hause bei Großmutti und Großvati. Beide sind aufgeregt

Großvati: Dieser Pezi, so ein Gangster! Kommt nicht nach Hause und lasst uns hier verhungern. Na wart! Hat sicher das Geld, dass ich ihm gebn hab, fürs Spielen im Bahnhof rausghaut.

Großmutti: Aber, aber. Sei nicht so streng mit ihm. Da ist sicher was passiert und er kann gar nichts dafür.

Großvati: Nimm ihn immer nur in Schutz, diesen Saubärn. *sie sieht auf die Wanduhr* Heiliger Bimbam!

Da geht die Tür auf und herein kommen Kasperl und Pezi

Großmutti: Da seids ja! Pezi, endlich. Ja, was ist denn gschehn? Kasperl, was war denn?

Kasperl: Das war wieder ein Abenteuer, was, Pezi? Erzähl einmal, was wir alles heute erlebt haben.

Pezi: Also es war so: wir haben heute ure viel erlebt. Der Kasperl und ich waren zuerst bei ihm zuhause und da hab ich viel Musik ghört, das hat mir voll gefallen und so, und wir haben was getrunken - ich meine, Himbeergei - Himbeerwasser - ja, und dann sind wir halt so dagsessen, weil das Zeug, was wir getrunken haben - ich mein das Himbeerwasser war so stark, dass mir ganz anders gewordn ist und ich im Klo dann schpeiben hab müssn. Vielleicht war das Himbeerwasser schon abglaufen gewesen . . .

Kasperl: *unterbricht ihn* Pezi, so fadisier uns doch nicht mit dieser uninteressanten Gschicht, erzähl lieber was wir im Wald erlebt ham, wie wir zum Försterhaus gangen sind.

Pezi: Ach, das meinst! Ja, da hat uns der Räuber abgstiert, das war alles und wir haben uns gfürchtet, sonst war nix.

Kasperl: *tadelnd* Aber Pezi, doch nicht so! Ich seh schon, ich muss euch das selber erzählen. Also so war das: der Pezi und ich sind ja heut bei den Försters zum Wildschweinessen eingladen gewesen und als wir so durch den dunklen Wald zur Teufelsschlucht kommen sind, ist auf einmal der Räuber vor uns gstanden mit seinem Revolver und hat uns ausgraubt und Alles weg gnommen. Alles! Ich wollt ihn ja gleich mit meiner Puffe - die hab ich mir erst kürzlich im Internet gekauft hab - weil man weiss ja nie -

Pezi: *unterbricht ihn und pflichtet ihm bei* Ja, genau, man weiß ja nie!

Kasperl: Sag ich ja, Pezi. Man weiß ja nie, oder Kinder? Kinder, sagts einmal: weiß man nie?

Kinder: Jaaaa! Man weiß niiiiie!

Pezi: Da habts recht, Kinder, man weiß ja nie - ich sags auch immer.

Kasperl: Gut, Pezi, aber jetzt möcht ich weitererzählen. Also; ich will abdrücken und den Räuber in ein Nudelsieb verwandeln - es tut sich nix. Hab ich doch glatt vergessen, die Puffe zu laden, weil die Patronen in der Tasche vom Pezi drin waren. Ihr könnts euch vorstellen, Kinder, wie wir dagstanden sind. Wie die Volldodeln sind wir vorm Räuber dagstanden. Natürlich hat er uns alles abgnommen.

Pezi: Ja, fast alles. Die Wäsch durften wir behalten.

Großmutti: Na so was! Ihr hättet ja draufgehen können! So ein Glück, was ihr ghabt habts. Komm her, Pezi, du kleiner Abenteurer, du . . .

Großvati: Da sind wir aber froh, dass ihr noch lebts. Wir sind hier inzwischen fast verhungert, weil du, Pezi, nicht mit dem Abendessen daherkommen bist.

Pezi: Wir haben euch einen guuuten Schweinsbraten und guuute Knödeln von der Frau Försterin mitbracht, dass ihr nicht verhungern tuts.

Pezi tischt auf und alle machen es sich gemütlich und essen

Vorhang

Der Räuber sitzt in seiner Hütte am Tisch. Um ihn herum ein Berg gestohlener Sachen. Er sortiert seine Beute

Räuber: So ein Schas! Fix noch amal. Was die Leut so alles mit sich herum schleppen. Nur nicht das, was man braucht. Ich hab schon 447 Fernseher, 628 Feuerzeuge, 4 Bücher, 800 Schneuztücher, 16 Paar Schi, 187 Gartenzwerge und und und. Ich weiß schon gar nicht mehr, wohin mit dem Klump. Geschäftsmann bin ich auch keiner, weil da hätt ich sicher schon alles verkauft, aber das liegt mir gar nicht. Ich nehm lieber wem was weg, als wem was geben. Ich kann gut ausrauben, da bin ich ein Profi, aber wie ein Vertreter von Tür zu Tür wassern und den Leuten den Mist andrehen … aber halt! … wozu raub ich ihnen das Zeug, wenn ich es ihnen eh wieder nachher … was solls, egal!

Es klopft jemand an der Tür

Räuber: *erschrocken* Wer kann das nur sein? Was mach ich nur? Haben sie mich schon erwischt, ist das der Polizist und der verhaftet mich jetzt?

Der Räuber verlässt rasch den Raum mit der Diebesbeute, schließt in ab und verschluckt den Schlüssel. Dann geht er zur Tür und öffnet sie. Vor ihm stehen zwei Frauen mit der Zeitschrift „Der Wachtturm" in den Händen

1. Frau: Grüß Gott, mein Sohn. Kennen sie das Wort Jesu? Christus ist auch bei ihnen und hätte gern, dass sie sein Wort erhören.

2. Frau: Wenn nicht, dann ist es höchste Zeit für ein Dankesgebet an Gott dem Herrn, der uns alle erscha …

Räuber: *fährt sie an* Schluss jetzt, sonst krachts! Gebetet hab ich heut schon genug, dass mich der Polizist nicht verhaf … er *hält inne, da er sich fast verplappert hätte* so, jetzt her mit der Marie!

Er ergreift seinen Revolver und fuchtelt damit den Frauen vor der Nase herumzusitzen

1. Frau: Bitte tun sie uns nichts, sie können gern die Zeitungen da nehmen und behalten …

Räuber: Nichts da, ihr Spinatwachteln! Den Schas könnts selber behalten! *er sackelt die Frauen aus, findet aber nur bei ihnen einen Schuhlöffel und eine Kerze* Ihr seids vielleicht Armutschkerln. Ist das alles? Kein Gerstl, keine Wertpapiere, Scheckkarten, Bankomatkarten?

2. Frau: Vertrauen sie auf den Herrn und sie brauchen weder Gut noch Geld.

Räuber: *enttäuscht* Kusch jetzt, verschwinds sofort, sonst ... *er bugsiert die zwei Frauen schleunigst zur Tür hinaus* Puh! ... Mit denen darf man sich nicht einlassen, oder nicht, Kinder?

Kinder: Neiiin! Neiiin!

Räuber: Jawohl, recht habts. Wenn man lauter solchene Leute zum Ausrauben derwischen tät, wär man in kürzester Zeit der Teschek. Was sagts ihr, Kinder: Zeugen Jehovas rauben wir keine mehr aus, weil das bringt nix. Oder, Kinder?

Kinder: Neiiin! Das bringt niiix!

Räuber: Ich Depp hab aus lauter Angst, der Polizist taucht bei mir auf und verhaftet mich, den Schlüssel von dem Zimmer wo die Sachen drin sind, verschluckt. Jetzt kann ich bis morgen warten, bis der wieder zum Vorschein kommt. Apropos ausrauben: Kinder, mir überkommt grad so eine richtige Lust, wen auszurauben. Kinder, kommt ihr mit und rauben wir wem aus?

Kinder: Jaaa! Jaaaa!

Räuber: Ok, gemma!

Vorhang

Wieder zu Hause bei Familie Bär. Es wird gerade Kaffee getrunken

Kasperl: Ah, nichts geht über einen guten Kaffee nach dem Essen. Frau Bär, bitte, hätten sie vielleicht einen guten Cognac zum Kaffee, weil da schmeckt er doppelt so gut?

Pezi: Au ja, Kasperl, den trinken wir ja immer bei dir, wenn uns fad ist, aber ohne Kaffee.

Kasperl: Pezi, du Rabenviech! Entschuldigens Frau Bär, aber der Pezi ist so goschert. Das stimmt natürlich gar nicht, was der sagt. Alles erstunken und erlogen.

Großmutti: *seufzt* Ja, der Pezi. Mit dem ist man schon gstraft, aber er ist halt noch so ein Kind.

Pezi: Ja, aber Kindermund tut Wahrheit kund.

Kasperl: *trinkt den Cognac* Ahh, das tut gut! Gleich noch einen hinterher. *Frau Bär schenkt nach Kasperl trinkt ihn sofort*

Großvati: Na na, nicht so schnell, Kasperl.

Pezi: Er trinkt immer so schnell. Vorgestern hat er so schnell getrunken, so schnell hab ich gar nicht schauen können.

Großmutti: Jetzt ist aber Schluss, Pezi! Mit dir macht man was mit!

Pezi: Was denn?

Großvati: Pezi, nun reichts! Geh sofort auf dein Zimmer. Ich lese dir dann vorm Einschlafen noch eine Geschichte vor. Aber jetzt geh und wasch dich und putz dir die Zähne, hörst du?

Pezi: Du, Großvati …

Großvati: Ja, Pezi?

Pezi: Du, Großvati, warum bist du um sooo viel älter als ich?

Großvati: Ha ha, Pezi, schau: ich bin ja viel früher als du auf die Welt gekommen. Du bist ja noch ganz jung und ich bin doch schon viel älter. Aber jetzt geh und wasch dich.

Pezi: Großvati, warum bin ich denn nicht früher als du auf die Welt gekommen?

Großvati: Ha ha ha, Pezi, das weiß ich auch nicht.

Er schenkt dem Kasperl noch einen Cognac ein

Pezi: Du, Großvati …

Großvati: Pezi, bist immer noch nicht weg?

Pezi: Großvati, was weißt du denn alles nicht?

Großvati: Ich kann doch nicht wissen, was ich alles nicht weiß, weil dann würd ich ja alles wissen. Sapperlot, nun geh aber auf dein Zimmer, aber marsch!

Pezi: Na gut, ich geh ja schon, gute Nacht allerseits. Kasperl, sauf nicht wieder sooo viel, weil morgen hast wieder sooo einen Schädel, so wie heut in der Früh von gestern.

Kasperl: Aber, aber, ruhig bist, Pezi! Also, liebe Leut, ich hau mich auch über die Häuser, ich bin auch schon müde. *er tau-melt etwas, beugt sich zu Pezi und flüstert ihm mit vorgehaltener Hand was ins Ohr* Pezi, morgen ist Großmuttis Geburtstag, da pflücken wir gleich morgen früh die schönen Blumen für sie, die gibts nur auf der Lichtung im Zauberwald.

Pezi: *ebenfalls leise* Und wir werden uns unheimlich fürchten im Zauberwald vor der Zauberin Warzigundi, die uns hoffentlich nicht wieder verzaubern wird. So wie letztes Mal, wo du ein Borkenkäfer und ich eine Preiselbeere war.

Kasperl: Keine Angst, Pezi, diesmal wird uns nichts passieren … glaub ich zumindest.

Großmutti: Was redet ihr denn so geheimnisvoll?

Pezi: Ach nichts, Großmutti, wir sind nur plötzlich ganz heiser *er redet nun krächzend weiter* weil ganz plötzlich haben uns diese kleinen Viecher, diese klitzekleinen Grippeviecher, von denen man die Grippe kriegt, angfalln. Aber morgen sind die sicher wieder weg. Da hilft nur ein Jagatee, sagt immer der Kasperl.

Großvati: Ja sonst noch was! Pezi, sag dem Kasperl auf Wiedersehen und Abmarsch!

Pezi: *krächzt* Auf Wiedersehen, Kasperl.

Kasperl: *krächzt* Gute Nacht, Pezi.

Vorhang

Eine Lichtung im Zauberwald. Die Zauberin Warzigundi fuchtelt mit ihrem Zauberstock in der Luft herum

Zauberin: Ha! Heute soll einer nur kommen, den verzaubere ich in eine Bakterie! Ich hab schon lange keinen mehr verzaubert. Den Erstbesten, der daherkommt, mache ich zur Schnecke. In meinem Zauberbuch hier … *sie greift unter ihren Umhang und holt ein Buch hervor …* da stehen Sachen drin, die hab ich noch nie ausprobiert. Zum Beispiel hier: da steht ein Spruch, den hat nicht einmal noch mein alter Lehrer, der Zauberer Buckelzuck, ausprobiert:

> Raga Ruga Rogiku
> Garu Ogar Ugikor
> Holizaru Gokarök,
> ist nicht gut
> hat keinen Zweck

Ein Baum neben der Zauberin verwandelt sich in einen Mistkübel

Zauberin: Pfui! Da wird sogar einer Zauberin wie mir übel. *Sie verwandelt den Mistkübel wieder in einen Baum* Ja, da gibts eine Menge interessanter Sprüche in dem alten Buch, doch Halt! Es kommt jemand …

Kasperl und Pezi betreten die Lichtung. Pezi pfeift die Melodie von Hänschen Klein

Pezi: Weißt, Kasperl, ich pfeif ja nur, weil ich mich so fürchten tu und ich pfeif absichtlich so falsch, dass sich die Zauberin, wenn sie mich hört, die Ohrwascheln zuhalten muss und sie uns dadurch nicht kommen hört.

Kasperl: Ja, ja, Pezi, bitte sei aber nicht so laut, dich hört man ja zwei Kilometer weit, auch wenn man sich die Ohren zuhält.

Sie gehen vorsichtig, sich ängstlich umsehend über die Lichtung dorthin, wo die schönen Blumen stehen

Pezi: Rawuzikapuzi! Schau, Kasperl, die schönen Blumen! Da wird sich aber die Großmutti freuen. Viel lieber hätte sie zwar neue Zähne, weil die alten - es sind eh schon die fünften - nicht mehr richtig passen, hat sie gsagt.

Kasperl: *leise* Ruhig, Pezi, pflücken wir schnell die Blumen und verschwinden. er sieht sich ängstlich um Schade, dass mir der Räuber meine Puffen abgnommen hat, da tät ich mich jetzt viel stärker fühlen.

Kasperl und Pezi pflücken die Blumen und bemerken nicht die Zauberin hinter einem Baum

Kinder: *durcheinander* Kaaasperl! Peeezi! Die Zauberin!

Kasperl: Was sagt ihr, Kinder? Ich glaub, ich hab Schnapsglaserln in den Ohren.

Kinder: Die Zauberiiin!

Kasperl: Was sagt ihr? Die Zauberin ist da? Ich seh nix. Pezi, siehst du die Zauberin irgendwo?

Pezi: Die Zauberin? Die seh ich nicht, dafür aber jede Menge Tschikstummeln im Gras. Die Zauberin muss eine starke Poflerin sein.

Zauberin: *leise zu sich* Ja gibts denn sowas! Pflückt dieser

Schweinsbär die schönen Blumen einfach so ab, ohne mich vorher zu fragen und der andere Trottel hilft ihm noch dabei.

Die Zauberin tritt nun hinter dem Baum hervor. Kasperl sieht sie und ist starr vor Schreck

Kasperl: Ah! Hilfe! Ich hab eine Erscheinung! Pezi, schau einmal, siehst du auch diese Vogelscheuche da?

Pezi: Ja, die seh ich auch. Da haben wir zufällig die selbe Erscheinung. Du, Kasperl, wieso haben wir so eine schiache Erscheinung und keine schöne?

Zauberin: Ihr Rotzgsichter, ihr! Schauts euch doch selber einmal im Spiegel an. Du, Kasperl, was hast denn du für eine Nase? Herumgehn tust in deinem komischen Gwand wie ein Volltrottel! Und du, Pezi, hast ein Gsicht wie eine einghaute Friedhofstür, du Hundsbär!

Pezi: Hast du das gehört, Kasperl? Das brauchen wir uns nicht gefallen lassen. Die Zauberin hat mich gschimpft. So eine schiache Gruftitante! Hätte der Kasperl seine Puffen mit, würdest schon daliegen, du Perchtn!

Zauberin: Also, das ist doch die Höhe!

Sie holt ihren Zauberstab hervor und zeigt damit auf Kasperl und Pezi

Kasperl: Uijegerl, Jetzt ist es soweit, Pezi, wir werden verzaubert ...

Pezi: Uizwick! Bitte, bitte nicht, liebe Zauberin, das war doch nur ein Spaß mit dem Schimpfen. Das war nicht persönlich gmeint, überhaupt nicht. Sie sind sogar eine sehr schöne, liebreizende Frau. Eigentlich, wenn ich sie mir so anschaue, die schönste Frau, die wir jemals geschimpft haben, stimmts, Kasperl?

Kasperl: Ganz genau! Wenn ich älter sein würde, tät ich sie auf der Stelle heiraten. Bitte verzaubern sie uns nicht, wir machen alles was sie wolln, aber verzaubern sie uns bitte nicht!

Zauberin: Na gut, weil ihr es seid, will ich nicht so sein. Obwohl ich gerne ein paar alte Zaubersprüch an euch ausprobieren täte.

Kasperl: Wissen sie, Frau Zauberin, die Großmutti vom Pezi hat heute Geburtstag und da sind wir hierhergangen, weil da die schönsten Blumen wachsen und sie sich irrsinnig freuen würd über sooo schöne Blumen.

Pezi: Ja, genau und da wollten wir fragen, ob wir ein paar von diesen wuuunderschöööenen Blumen pflücken dürften für meine Großmutti. Wenn sie aber unbedingt jemanden verzaubern wolln, dann nehmen sie sich den schlimmen Räuber vor. Der hat uns nämlich gestern ganz schön ausgraubt, stimmts, Kasperl? Das schöne Gewehr, meine schöne Tasche mit den schönen Patronen drin, unsere Geldbörseln mit dem schönen Geld, alles hat er uns graubt.

Zauberin: Na ja, Kinder, was sagt ihr: soll ich die Zwei da doch verzaubern?

Kinder: Neiiin! Neiiin!

Zauberin: Gut, die Beiden da nicht. Den Räuber, soll ich den verzaubern, sagen wir einmal, in einen Radiergummi?

Kinder: Jaaa! Jaaa!

Zauberin: *zu Kasperl und Pezi* Da habts aber Schwein gehabt. Pflückts schnell eure Blumen und dann lassts euch hier nie wieder blicken!

Pezi: Das ist urtoll, Frau Zauberin, dass sie uns nicht verzaubern tun. Ein Radiergummi möcht ich zum Beispiel überhaupt nicht werden, weil wenn der Mensch, der mit mir radiert, viel mit mir radiert, dann werd ich ja immer und immer kleiner und kleiner und eines Tages gibts mich nimmer, weil er mich ausradiert hat.

Kasperl: Auch ich möcht mich bei ihnen, Frau Zauberin, bedanken, dass sie uns die schönen Blumen pflücken haben lassen. Auf Wiedersehen.

Kasperl und Pezi gehen schnell von der Lichtung, jeder einen großen Strauß Blumen in der Hand

Zauberin: Weg sinds, diese Falotten! Ich hätt sie doch verzaubern solln. Na gut, wart ich halt, vielleicht taucht wer auf …

Die zwei Zeuginnen Jehovas mit den Zeitschriften in den Händen, betreten ängstlich um sich schauend die Lichtung

1. Frau: Huch, wir haben uns verirrt! Wie müde ich schon bin und weit und breit niemand, dem wir unsere Heilslehre verkünden und dem wir eine Zeitschrift andrehen könnten.

2. Frau: Verzage nicht, Schwester, immer gibt es irgendwo eine Seele, die gerettet werden will. Der Räuber der uns ausgraubt hat, entgeht dem Gottesgericht auch nicht.

Beide setzen sich auf einen Baumstrunk und ruhen sich aus. Hinter ihnen tritt die Zauberin hinter einem Busch hervor

Zauberin: *leise* Was sind denn das für Gestalten? Zwei alte Jungfern mit einem Stoß Zeitungen. Ausgraubt sinds auch wordn?

Sie tritt vor die zwei Frauen

1. Frau: Ahh! Mörder, Räuber! Man will mich umbringen!

2. Frau: Hilfe! Unsere letzte Stunde hat gschlagen!

Zauberin: Still! Ich bin die große Zauberin Warzigundi und dies ist mein Reich. Was wollt ihr?

1. Frau: Der Herr sei mit ihnen! Ja … nein sind sie nicht … ich kenn sie doch, vom Fernsehen, so eine Fügung! Können sie mir, hier bitte, ein Autogramm geben?

Hält der Zauberin ein 5-Jahres-Abonnement zum unterschreiben unter die Nase

2. Frau: Ja, sie ist es wirklich! *sie schlägt die Hände zusammen* Haben wir ein Glück! Kann ich auch eins haben?

Hält der Zauberin ebenfalls einen Bestellschein für 5 Jahre Wachtturm hin. Die Zauberin ist etwas irritiert und will unterschreiben

Kinder: Niiicht unterschreiben! Niiicht unterschreiben!

Zauberin: Was sagts ihr, Kinder? Ich soll nicht unterschreiben? Das ist sehr lieb von euch, dass ihr mich warnen tuts. *Sie liest jetzt das Kleingedruckte* Ja das gibt's ja nicht! So eine - nein! Ich werd euch geben …

Sie schlägt ihr Zauberbuch auf, hebt den Zauberstab und spricht:

Pilzi Palzi Pulzola
Gifti Gafti Guftloka
zwei mal drüber
zwei mal drauf
Sossi Sassi Sussisauf
Plötzlich stehen statt den Frauen zwei Eierschwammerln da

Zauberin: Das habts davon, hä hä hä. Die Schwammerl-
sucher, die die zwei finden und ein Schwammerlgulasch aus denen machen, werdn ordentlich Bauchweh kriegn. Das wird eine
Scheisserei!

Die Zauberin geht leise lachend in den Wald

Vorhang

*Die Wohnung von Kasperl. Kasperl und Pezi sitzen bei Tisch und
Schnapsen. Kasperl mischt die Karten und gibt. Pezi nimmt einen
großen Schluck Bier aus seinem Glas. Er rülpst und sortiert seine
Karten*

Pezi: Geh, wasch dir die Händ, was du da gebn hast, ist ja
unter jeder Kritik.

Kasperl: Mecker nicht, sondern ruf.

Pezi: Ka Ruah!

Kasperl: Schon wieder Karo! Na, komm raus. Auf was

wartest, auf bessere Zeiten?

Pezi: Zwanzig!

Plötzlich läutet es an der Tüte. Kasperl macht sie auf und draußen steht der Postler mit einem großen Paket und der Polizist

Postler: Guten Tag, Herr Kaserl. Hier ist das Paket, das sie bestellt haben.

Polizist: Sie haben also dieses Paket bestellt, Herr Kasperl?

Pezi: Kasperl, da kann nur das neue Krokodil drinnen sein, das du aus Afrika bestellt hast, weil das alte war ja vom vielen hinhaun schon ganz zerdeppert und hin.

Kasperl: Ja freilch, auf dem Paket stehts ja eh drauf: Achtung, Krokodil, nicht stürzen. Geh, Pezi, hol amal meinen Prügel, wir probierns gleich aus …

Polizist: Nichts da, Herr Kasperl, ich verhafte sie hiermit wegen Einfuhr verbotener Wildtiere auf Grund der geltenden Tierschutzbestimmungen. Es ist seit erstem Jänner dieses Jahres verboten, Wildtiere, die was beissen können, ohne behördliche Genehmigung einzuführen und weiters mit einem Knüppel oder Prügel auf den Kopf zu hauen. Bitte kommen sie mit!

Postler: Aber vorher unterschreiben sie mir da … *er hält Kasperl ein Formular hin, aber Kasperl unterschreibt nicht*

Kasperl: Ich unterschreib nix.

Pezi: Ui zwick, das ist interessant. Das muss ich gleich der Großmutti und dem Großvati erzähln, dass der Kasperl verhaftet wordn ist.

Kasperl: Aber Herr Polizist, wegen dem alten Krokodil war ja auch nie was. Kinder, was meint ihr: soll ich auf die behördlichen Beatimmungen pfeifen und das neue Krokodil behalten dürfen?

Kinder: Jaaa! Jaaa!

Kasperl: Und soll ich dafür dem Polizisten mit meinem Knüppel eins über die Rübe geben?

Kinder: Jaaa! Jaaa!

Polizist: So ein Gsindl! Das ist Widerstand gegen die Staatsgewalt! Herr Kasperl, im Namen des Gesetzes, sie sind festgenommen! *er zückt seine Dienstwaffe* Her da mit dir! I blas dir des Hirn ausse, du Wichser. Gesicht gegen die Wand! Hände rauf, Haxen auseinander und die Goschen halten!

Pezi: *fasziniert* Toll! Das ist wie im Film! Herr Polizist, wird auch der Kasperl, wenn sie ihn mitgnommen haben, in der Zelle dann auch grün und blau getögelt? Großmutti und Großvati werden schauen. Denen werden die Kipfler rausfalln!.

Der Polizist führt Kasperl mit dem Polizeigriff ab, der Postler nimmt das Paket wieder mit und geht ebenfalls. Pezi bleibt allein zurück. Er nimmt das Telefon und wählt

Pezi: Grüß dich, Großvati, hier ist Pezi ... ja, beim Kasperl ... aber der hat grad fort müssen ... wieso? Weil er frech war ... ja, genau so, wie ichs sag - nein, der Polizist hat ihn mitgnommen ... ich red nicht in Rätseln ... ja, der Kasperl war frech und deshalb hat ihn der Polizist abgführt ... nein, der Postler war auch da und hat dem Kasperl ein großes Paket bracht mit dem neuen Krokodil drin … genau, weil das alte … ja und dann war der Kasperl so frech zum Polizisten, dass dem Polizisten die Sicherungen durchge … nein, mit dem Licht war nix … genau, er verlor die Beherrschung … ja, und jetzt wird der Kasperl auf dem Wachzimmer sicher grün und blau getögelt …ja, ich mein, gschlagen … also, tschüß … nein, ich geh nicht mehr zum Bahnhof … *er legt auf und sieht die Karten auf dem Tisch liegen* Jetzt schau ich einmal, was der Kasperl für ein Blatt ghabt hätt *er schaut nach* Ja bist du fertig! Da hab ich aber Glück ghabt, dass der Postler rechtzeitig mit dem Packl daherkommen ist.

Vorhang

Das Wachzimmer. Der Polizist haut Kasperl mit dem Gummiknüppel

Kasperl: Autsch! Aufhörn, ich bin ja nicht das Krokodil!

Polizist: Kusch, du Ei! Mich haltst nimmer fürn Narrn!

Kasperl: Au, ich hab schon Beulen wie mein altes Krokodil. Bitte, ich möcht mich auch entschuldigen, wenn ich sie beleidigt hab, wird nimmer vorkommen.

Der Polizist hört auf, Kasperl zu hauen

Polizist: Na gut, Herr Kasperl, schauns dass weiterkommen.

Kasperl beeilt sich, bei der Wachzimmertür hinaus zu kommen. Der Polizist setzt sich hinter die Schreibmaschine und schreibt.

Nach einer Weile kommt Pezi bei der Tür herein

Pezi: Grüß Gott, Herr Polizist, ich komm wegen dem Kasperl. Lebt er noch, oder ist er schon bewußtlos ghaut?

Polizist: Werd nicht frech! Bei uns wird nicht gschlagn. Dein Kasperl ist so putzmunter, dass er schon gangen ist. Und du, verschwindst auch gleich, sonst räum ich dir das Wilde hinab! Dann kannst in der Dunkelzelle über dein Leben nachdenken.

Pezi: Ich hab schon oft über mein Leben nachdacht. Erst kürzlich, hab ich nachdacht über mein Leben und da bin ich zu dem Schluss gekommen, dass wir eigentlich, wenn wir alle vernünftig wären, die blöde Polizei gar nimmer brauchen täten, weil sie dann überflüssig ist und meine persönliche Meinung wäre ja, dass wir sie jetzt schon nicht mehr brauchen, weil sie - und das ist meine ganz persönliche Meinung - ganz, ganz blöd und überflüssig ist. Lieber Herr Polizist, es tut mir ja so leid, dass sie so blöd und überflüssig sind, ich kann ja nichts dafür, aber ich persönlich brauche sie überhaupt nicht ...

Polizist: Wirst du sofort dein Maul halten, du Gartenzwerg?! *er zeiht die Gummiwurst aus seinem Gürtel* Wie war das? Ich bin blöd und überflüssig? *Pezi kriegt eins über die Rübe* Na, Burscherl, ist das überflüssig? ... Und das? *der Gummiknüppel saust auf Pezis Kopf. Pezi geht in die Knie* Na, tust schon beten?

Pezi: Bitte, aufhören, ich bin ja nicht das Krokodil!

Der Polizist stößt Pezi in die Zelle und versperrt diese

Polizist: Jetzt kannst dunsten. Hoffentlich vergess ich dich nicht da drin, ich bin nämlich leicht vergesslich!

Er setzt sich wieder an seinen Schreibtisch, nimmt eine Zeitung und liest

Pezi: *nach einer Weile* Entschuldigen sie, Herr Polizist, haben sie mich schon vergessen? Soll ich sie alle fünf Minuten erinnern, dass sie mich vergessen solln? Bitte, ich hab schon genug gedunstet, ich bin schon ganz aufgedunsen vom vielen Dunsten. Kann ich Großmutti und Großvati anrufen, weil die machen sich so viele Sorgen, wo ich abgeblieben sein könnte.

Der Polizist legt die Zeitung beiseite, nimmt den Zellenschlüssel und sperrt Pezis Zelle auf

Polizist: Na gut, du Rotzpippn, weil ich nicht so bin ... geh, und schleich dich!

Pezi: Danke, Herr Polizist, dass sie mich ihre schöne Zelle von innen naschaun haben lassen, wirklich interessant. Auch, wie sich Hartgummi auf der Kopfhaut anfühlt, wird mir unvergesslich bleiben. Auf Wiedersehn!

Polizist: *wieder alleine* Lauter Idioten und Falotten. Einen richtigen Verbrecher möcht ich wieder einmal in die Finger kriegen ...

Vorhang

Die Waldlichtung im Zauberwald. Der Räuber tritt hinter einem Busch hervor

Räuber: Verflucht, da hab ich mich doch glatt verirrt ... da werde ich mich hinter dem Busch verstecken und warten, bis wer vorbeikommt und dann raub ich ihn aus …

Er reibt sich in froher Erwartung die Hände und versteckt sich. Die Zeit vergeht, niemand kommt

Räuber: Das ist aber fad. Ein schlechter Tag zum Ausrauben. Soll ich mich umschulen lassn auf meine alten Tag? - Aber, ich hör was! - Da kommt wer!

Rasch verschwindet er wieder hinterm Busch. Ein Rehlein trippelt auf die Lichtung
Räuber: Ein Reh! So eine Niederlage. Was soll ich denn dem Reh rauben, seine Ohrwascheln? *das Reh verschwindet wieder von der Lichtung* Wie soll das weitergehen? Weit und breit keiner zu sehen. Ich komm ja ganz aus der Übung … *da bemerkt er die zwei Eierschwammerln, die verzauberten Frauen …* Die schaun aber lecker aus! Die nehm ich und mach mir eine köstliche Schwammerlsuppe, wenns schon nichts zum Ausrauben gibt.

Vorhang

Kasperl und Pezi feiern Großmuttis Geburtstag. Kasperl öffnet eine Flasche Sekt, schenkt allen ein und sie prosten sich zu. Pezi nimmt einen großen Schluck

Pezi: Rawuzikapuzi, der fahrt ein! *er rülpst*

Großmutti: Also, noch einmal vielen Dank, ihr beiden, für die wunderschönen Blumen, die ihr mir mitbracht habts.

Pezi: Liebe, liebe Großmutti, lange sollst du noch leben, damit du noch oft so einen irrsinnig guten Heidelbeerkuchen backen kannst und dass ich noch oft von dir ein Taschengeld krieg!

Großvati: Wir sind ja so erleichtert, dass euch nichts passiert ist bei eurem Abenteuer im Wald, dass ihr gsund und munter seids.

Pezi: Ja das freut uns auch, gell, Kasperl? Da hätt uns leicht was passieren können, verzaubert hätten wir werden können, erschossen hätten wir werden können und vor lauter Angst hätten wir auch einen Herzkasperl kriegen können. Stimmts, Kasperl? Drum hab ich heut in der Früh mein Testament gmacht …

Alle schauen verdutzt Pezi an. Dann lachen sie

Großvati: Was? Du Lauser, du bist ja noch ein Bub, ein kleiner, du brauchst doch noch kein Testament machen, ha ha.

Kasperl: Geh, Pezi, du hältst uns wieder am Schmäh …

Pezi: Aber nein, wenn ich euch doch sag! Wie uns der Räuber ausgsackelt hat, ist mir das erste Mal der Gedanke kommen, dass, wenn ich amal abkratzen sollt, mein Besitz, den ich besitz, allein zurückbleibt und aus dem Grund hab ich mein Testament gmacht. Darin steht schwarz auf weiß, wer meinen Taschenfeitel und wer meine zwei Gummiringerln kriegt.

Kasperl: Pezi, du stirbst noch lange nicht … sag, wer kriegt denn den Taschenfeitel - ich, vielleicht?

Großmutti: Versündigts euch nicht! Über sowas macht man keine Witze. So was! Bei mir ist das was anderes. Ich, in meinem Alter muss schon eher daran denken, wenn was sein sollt … drum hab ich auch ein Testament gemacht …

Pezi: Wau! Was steht denn drin, bei deinem?

Großvati: Ja ja, so alte Leut wie wir, müssen beizeiten drauf schauen, dass alles geregelt ist. Ich hab ja auch mein Testament schon vor längerer Zeit gmacht, falls was sein sollt.

Kasperl: Jetzt, wo ihr alle damit anfangts, kann ich euch ja sagen, unlängst hab ich zufällig auch mein Testament gmacht ...

Pezi: Das ist ursuper, Kasperl, dass du auch schon dein Testament gmacht hast. Und? - Sag, was krieg ich? Weil, wenn man sein Testament macht, muss man alles, was man besitzt, der Nachwelt überlassen, hab ich einmal wo glesen. Ich bin doch auch eine Nachwelt, oder? Weil, wenn du stirbst und ich noch leb, bin ich doch für dich dann die Nachwelt, nicht?

Plötzlich klopft es an der Tür. Großvati öffnet sie und herein treten der Polizist mit dem Räuber. Der Räuber ist mit Handschellen gefesselt. Der Polizist trägt einen großen Sack

Polizist: Grüß Gott, entschuldigen sie bitte die Störung, aber ich bringe Sachen, die anscheinend Herrn Kasperl und Pezi gehören.

Pezi: Das ist doch der Räuber, der was uns ausgraubt hat! Gell, Kasperl, wenn wir den in die Finger kriegen, kann er auch sein Testament machen ...

Kasperl: Und ob. Selber nix haben, aber andere ausrauben, damit die auch nix mehr haben. Dem ghörn die Löffeln gstutzt, dass er ausschaut wie ein Hamster auf der Autobahn! Was, Pezi?

Pezi: Was heißt! Ich tät ihm den Radierer poliern, dass er bis zum Mond glänzt.

Der Polizist fährt dazwischen, als Kasperl und Pezi sich auf den Räuber stürzen wollen. Großmutti schlägt vor Aufregung die Hände zusammen

Polizist: *zu Kasperl und Pezi* Ja was ist denn! Mischen sie sich nicht in eine Amtshandlung!

Pezi: Was ist denn eine Amtshandlung? Sowas wie eine Gemüsehandlung?

Der Polizist öffnet den Sack und holt Kasperls Rucksack und Pezis Tasche hervor

Polizist: Herr Kasperl, können sie diese Sachen als die ihren identifizieren?

Kasperl: Na klar, das da ist mein Rucksack mit meiner Puffen drin und diese Tasche mit den Patronen ist deine, gell, Pezi?

Pezi: Genau! Aber wo sind meine Kaugummis? Hat dieser Räuber sie gfressen? Und mei mp3-Player ist auch weg!

Kasperl und Pezi sehen ihre Sachen genauer durch, ob sonst noch was fehlt

Kasperl: Sapperlot! Wo sind die zwei Stangen Zigaretten? Die haben mir eine Stange Geld gekostet. Die hat er sicher zusammengeraucht bis zum Filter …

Polizist: *zum Räuber* Stimmt das, sie Gauner?

Räuber: Bitte entschuldigens schon, was soll i denn machen … ich bin nur ein kleiner Räuber, der dazuschauen muss.

Ja, ich gebs zu, ich hab die Zigaretten zusammengraucht bis zum Filter. Sinds doch froh, dass ich das war und nicht sie, weil das Rauchen ist ungsund und so hab ich sie vor großem gesundheitlichen Schaden bewahrt, da können sie sich bei mir bedanken, Herr Kasperl. Mir ist eh nachher schlecht gewordn davon. Eigentlich, wenn mans genau nimmt, sollte ich sie verklagen, weil sie so viele Zigaretten mitgehabt haben, die ich, als ihr Räuber, rauchen hab müssen. Das ist eine große Unverantwortlichkeit ihrem Räuber gegenüber. Sie scheissen sich offenbar kein bisschen um ihre Mitmenschen, dass die Lungenkrebs kriegen, ist ihnen wurscht, oder?

Polizist: Halten sie endlich ihr Maul! So was. Leeren sie einmal ihre Taschen aus!

Der Räuber dreht jede seiner Hosentaschen um. Heraus purzeln eine Steinschleuder, eine Taschenlampe, jede Menge Bankomatkarten, zwei Eierschwammerln und zum Schluss ein gefalteter Bogen Papier

Polizist: Oha, was ist denn das … das ist ja ein Testament!

Kasperl: Was? Ein Testament?

Polizist: Ja, das Testament vom Räuber ist das.

Pezi: Geh schau an: ich hab doch vorhin gsagt, er kann sein Testament machen. Hat wer gesehn, wie er es gschribn hat? Ich nicht. Kasperl, hast du es gsehn?

Kasperl: Ich hab auch nix gesehn. Er muss das heimlich geschribn haben, wie wir alle nicht hingschaut ham. Kinder, habt ihr gesehen, wann der Räuber sein Testament heimlich geschrieben hat?

Kinder: Neiiin! Neiiin!

Da taucht hinter dem Stubenfenster die Zauberin Warzigundi auf. Niemand im Zimmer bemerkt sie

Kinder: Kaaasperl! Die Zauberin! Hinter dem Feeenster!

Nun haben alle die Zauberin gesehen. Sofort holt sie der Polizist herein

Polizist: Im Namen des Gesetzes, wer sind sie und warum glotzen sie durchs Fenster in fremde Wohnungen?

Zauberin: Aber Herr Polizist, kennen sie mich nimmer? Ich bins, die Zauberin Warzigundi, für sie aber nur Warzi. Ich hab sie doch schon so oft verzaubert, einmal in einen Schweinsrüssel, dann in Hühnerdreck …

Polizist: Damit ist ein für allemal Schluss! Zeigns amal ihren Gewerbeschein, ob sie überhaupt zaubern dürfen.

Pezi: Ja, los! Sonst blüht ihnen was, sie schiache …

Kasperl: Psst! Sonst verzaubert sie uns am Ende noch …

Pezi: Aber vorher reiße ich ihr die Larve vom Schädl, dass sie ausschaut wie ein ungmachtes Bett!

Der Polizist hat der Zauberin inzwischen ihren Zauberstab konfisziert

Zauberin: Ich hab nix bei mir, nur mein Testament …

Alle: Was? Ein Testament?

92

Kasperl: Bumsti! Vor lauter Testamente ist mir schon ganz schwummelig. Da haben wir buchstäblich alle unser Testament gmacht. Sagts, Kinder: Habts ihr auch schon euer Testament gmacht?

Kinder: Jaaa! Jaaa!

Pezi: Die Kinder ham auch schon eins gmacht! Siehst, Kasperl, wenn ich heute in der Früh nicht schnell mein Testament gmacht hätt, wär ich der Einzige in der Runde gewesen, der keins hat.

Jetzt erst sieht die Zauberin unter den Sachen des Räubers die zwei Eierschwammerln

Zauberin: Was seh ich denn da? Sind das am End die zwei Zeuginnen Jehovas, die ich verzaubert hab?

Pezi: Was? Zeuginnen Jehovas? Diese zwei Eierschwammerln?

Kasperl: Zeuginnen Jehovas solln das sein, solche, die immer bei den U-Bahnhaltestellen herumstehen und einem diese ausgeflippten Zeitschriften andrehn wolln?

Zauberin: Wissts, ich hab vor kurzem zwei solchene in Eierschwammerln verzaubert … diese da.

Kasperl: Bitte, verehrte Frau Zauberin, tun sie sie nicht mehr zurück verzaubern!

Pezi: Ja, bitte nicht! Ich würd ihnen das nie vergessen und auch mein Testament zu ihren Gunsten ändern und ihnen mein altes Skateboard vermachen.

Zauberin: Ist schon gut, Pezi, über eine eventuelle Rückverzauberung muss der liebe Polizist entscheiden, weil er ist die Amtsperson …

Der Polizist fühlt sich geschmeichelt

Polizist: Das ist schön, dass sie das einsehen, Frau Zauberin. Also: ich hab nichts dagegen, wenn die Schwammerln Schwammerln bleiben, ist wahrscheinlich besser so. Ferner will ich ein Gesetzesauge zudrücken, da die geschätzte Frau Großmutter heute Geburtstag hat und ich ihre Feier nicht verderben will. Sie, Herr Räuber, bitte machens in Zukunft keine solchene Sachen mehr, versprechen sie mir das?

Räuber: Jawohl, Herr Polizist, ich werd mich bessern und in Zukunft weniger Leut ausrauben.

Polizist: Und sie, Frau Zauberin, haltens ihnen ein bisschen zurück mit dem Verzaubern. Sie können nicht, weils vielleicht manchmal mit wem Reiberein gibt, ihn gleich verzaubern, verstehns? Da, ham sie ihren Zauberstab wieder und gehns nach Hause.

Großmutti: Bitte, bleibens noch da, Frau Zauberin. Jetzt, wo wir alle so schön beieinander sind, möcht ich mit euch anstoßen!

Zauberin: Das ist lieb von ihnen, aber pickens dem Pezi den Mund zu, weil wenn der noch einmal was Freches zu mir sagt, garantier ich für nix …

Pezi: Ich soll was Freches gsagt ham? So eine … eine …

94

Kasperl hält Pezi schnell den Mund zu.

Alle lachen. Plötzlich greift sich der Räuber an den Bauch

Räuber: Entschuldigens bitte, wo ist denn hier das Klo? Ich muss nämlich meinen Schlüssl suchen ...

Vorhang und Ende

Eine Folge der Sendereihe

Oafoch ind Häuser einigehn

mit Pezi Braunsberger (PB)

Pezi Braunsberger: „An guatn Tag mitanand Zuhaus, schön, dass wieder amal dabei seids bei meiner Sendung „Oafoch ind Häuser einigehn". Heit samma wieder amal unterwegs und mir werdn heit den Geburtsort und des Geburtshaus eines Mannes aufsuchen, der was hier in Niederbradlbrunn im schönen Pferchtnertal geboren is und der erst, wies oft hergeht, erst im Ausland berühmt wordn ist, nämlich Joschi Hendlrichter, der aber unter dem Künstlernamen Jimi Hendrix erst im Ausland, in Amerika berühmt wordn ist ... und do samma scho in der Stubn vom Haus, wo der klane Joschi, da Jimi, aufd Welt kumma is und wo er dann später auf so tragische Weis gstorbn is - oba davon später. Die alte Urgroßmutter, die Uromi vom Jimi, sitzt jetztn da bei mir und die wird uns a paar Gschichtln übern Jimi erzähln. Aber jetzt nu ned, weil wenn die anfangt, hörts nimma auf - *fängt schallend an zu lachen* - Gell, Frau Uromi? - *in die Kamera* - Sie is a bissl derrisch ... aber sie hat si schon die Stratocaster umghängt, jetzt drahts den Marshallturm auf und sie hat ma vorhin gsagt, daß uns a Stückl vom Jimi spieln wird, ans, des was er da in Niederbradlbrunn komponiert hat, nämlich „Lilane Woikn", des war amal a Hit."

Die Uromi spielt mit hoher Lautstärke

P.B. „Ja, des rockt, daß a Freud is! Des fahrt! Neben mir hat jetztn der Vater vom Jimi, der Herr Hendlrichter Platz gnommen und wird uns erzähln, wie des war damals, als der klane Joschi seine Liebe zur Musik entdeckt hat." - *er schreit dem Herrn ins Ohr* - Gebns die Ohropax aus die Ohrn ... sagns ... wie war des mitn klan Jimi damals? "

H: „Jo, i kann nur des erzähln was i weiß. Der Jimi war, bevor er nach Amerika gangen is, a schüchterner Bub, er hat immer vor sich hinpfiffn und hat sich hintn in der Schupfn sei erste Gitarr selber baut. An Haselsteckn in der Mittn auseinander gschnittn, des war der Hals, a Brettl als Body, an altn Strumpf von da Omi als Saitn und des wars. Und dann is grockt wordn! Da war Stimmung in der Hüttn!"

P.B. „So, aber jetztn wolln ma von Ihnen wissn, wos si do abgspielt hat, wie der Jimi damals gstorbn is. Des war ja damals nicht zum durchdruckn. Da hats ja Gerüchte gebn, der Jimi hat sich beim Bodyshaping in die Brust ghackt, weil er abgrutscht is. I muass des den Leitln erklärn: *in die Kamera* Bodyshaping nennt ma, wann ma si a E-Gitarre baut und des Brettl, des was der Körper wird, der Body eben, wenn ma den shaped, also schnitzt. Oder es is gsagt wordn, er is beim Saitenaufspannen ausgrutscht, bei der Türschnalln hängenbliebn und si dabei selbst stranguliert. - *wieder zum alten Hendlrichter* - Wie war des denn wirklich?"

H: „Jo, des war ned so. Schuld warn damals in Wirklichkeit zwei Journalisten, zwa Schreiberlinge vom Pferchtner Tagblattl, die gschribn ham - aus Jux offensichtlich - dass der grüne Knollenblätterpilz a hervorragender Speisepilz is und des hat der Jimi glaubt, is in Wald Schwammerln suchen gangen mit seine Freund, es warn ja immer a Haufn Leut da, da Keith Richards von de Schtoana war a da … und zruck kumman sans mit an Sackl voller schöner Knollenblätterpilze und der Jimi hat a saftigs Schwammerlgulasch kocht und der Rest is Geschichte. Alle, die was gessn ham, san natürlich abkratzt, nur der Keith war putzmunter nachher, der hat no a paar Fliagnpüz nachglegt und hat gmeint, er hätt scho bessere Trips ghabt. Oba alles in allem, eine Tragödie …"

P.B. „Ja, liebe Leut, ma derf ebn ned alles glaubn was in der Zeitung steht, aber jetzt schaun wir ned ins Ofenloch eini und reissn a Depression auf, sondern jetzt spielt des Bürgersteiger Nebelsteintrio auf, de ham se grad hergsetzt und werdn uns an Blues spün, den Fieberblasenblues von eanara neuen CD.“

Musik

P.B. „Ja, wenn der Jimi no leben tät, des hätt ihm sicher gfalln. Wenn i mi so in der Stubn umschau, da seh i a Foto von der Familie - von der Family - *er schreit zum alten Hendlrichter* - a schöns Büdl, gell? *wieder normal* Der alte Hendlrichter is scho lang derrisch, ja der ganze Ort is derrisch, weils so laut spieln dan. Der Jimi hat ja durchgsetzt, dass alle Niederbradlbrunner an Marshallturm und a Stratocaster kriegn und seither wird in Niederbradlbrunn jedn Tag abgrockt, dass a Freud is. Do glüht der Zapfn! Ja und des Büdl da, zagt wie gesagt, die ganze Family - da hat er no glebt, der Jimi. Aber letzt gemma obi in den Keller, wo des Studio vom Jimi war.“

Alle begeben sich in den Keller des Hauses

P.B. „So … jetzt …au weh! *er ächzt* Die Füß - des san die Jahre - so, wir san im Keller untn, wo da Jimi sei Studio eingricht ghabt hat. Des war früher ja a Erdäpflkeller - die alten Hendlrichter warn ja Erdäpflbauern- und da drin hat der Jimi seine ganzn Hits aufgnommen, auch das berühmte „Hey Joe“, durch an Zufall is ihm des eingfalln. Es is scho skurill, denn es hätt ihm ja nicht einfalln müssn, aber es is ihm halt eingfalln. Des is bei die Künstler immer a Gratwanderung - anyway - er hats halt checkt. *laut zum alten Hendlrichter* Sagns amal, Herr Hendlrichter, wie war des denn damals? *in die Kamera* Wissns, der Hendlrichter weiß jede Menge Gschichtln. *wieder laut* Wie war des mit dem „Hey Joe“?“

H. „Jo des war so: da Jaga, da Josef Erbsinger is grad untn beim Haus ins Dorf einigangen, als der Jimi justamend beim Fenster obischaut und ihm nachgrufn hat, hey Joe, wo gehst denn hin mit dein Gwehr? Do ruft der Josef auffe zum Jimi, i geh zu meiner Oidn und daschiass sie, weil die hat a Gspusi mitn Bäcker. Haha, so war des! Der Jimi is glei obe ins Studio und hat grufn: i got it, i got it! So is des Liadl entstandn."

P.B. „ Alsdann, liabe Leutln, jetztn is aber Zeit, ich bedanke mich bei der Uromi und Herrn Hendlrichter für die Gastfreundschaft und des intressante Gespräch, aber wieder amal is eine Sendung „Oafoch ind Häuser einigehn" zu Ende und mit diesen Worten verabschiede ich mich aus Niederbradlbrunn im schönen Pferchtnertal. Aber bevors aus is, spielen noch die Burschn vom Bürgersteiger Nebelsteintrio an zünftign Blues, das Liadl „Himmelarschundwolkenbruch".

Der Atelierrundgang

Personen:
Interviewer (I) mit Kameramann von der
Freizeitbeilage der Kunstschrift „Farbe und Statue",
Kunstmaler Pawel Stanbronsky (S)

Der Interviewer befindet sich mit einem Kameramann im Gang eines Hauses vor einer Ateliertür und läutet an.

I: So, meine Damen und Herren, ich stehe jetzt da im Stiegenhaus an der Tür vom Atelier des bekannten Malers Pawel Stanbronsky... und läute, ... schaun, ob er da ist, ... aha, ich höre Schritte drinnen ... aber ... niemand macht auf... ich läute noch einmal ... aha, jetzt!

Die Ateliertür wird von Stanbronsky geöffnet.

S: Ahso, Sie sans eh ... von der Kunstschrift Farbe und Statue ... entschuldigens dass i ned glei aufgmacht hab, aber i hab glaubt, es is wieder wer von der Malerinnung, von der Pinsel - und Borstenabteilung. Wissns, de kommen oft unangmeldet und stierln umadum ... da muss ma aufpassn ... kommens nur weiter.

Stanbronsky führt den Interviewer und den Fotografen in das Atelier.

I: Danke schön - Ah! Ein schönes Atelier haben Sie. Darf ich mich ein bissl umschaun?

S: Natürlich. Da hintn ist die Küche, dort das Klo ... das Schlafzimmer ...

Der Interviewer tritt interessiert zu der Staffelei mit einem unfer-

tigen Bild, an dem sich nun Stanbronsky mit einer Spachtel zu-
schaffen macht.

I: Ich sehe, Sie arbeiten da grad an diesem Bild hier ...
einer Landschaft offensichtlich ... erzählen Sie vielleicht einmal
unseren Lesern, was Sie da eben machen ... Sie kratzen mit einer
kleinen Spachtel da irgend etwas ab ...

S: Ja, ich versuche, etwaige Pinselhaare, die Borsten, die
der Pinsel oder die Bürste beim Malen unweigerlich verlieren, aus
dem Farbauftrag herauszuarbeiten ... *er kratzt verbissen an einer*
Stelle herum ... Geh ausse da! Herrgott ... ich sag Ihnen, über
die Falotten von die Pinselherstellern könntns a eigene Sendung
machn. Die san ned fähig, endlich gscheite Pinseln zu machen, denen ned die Haar ausgehn. Wissens, wann die von der Fachschaft
Pinsel und Bürste auftauchn - unangemeldet natürlich - de suchn
jeden Zentimeter von de Büdln ab nach an Haar. Da hat ma gleich
2 Tage Malverbot, so is! Bei de Abstrakn sagens nix, da ghörn Haar
oder a Farb, die was oberinnt, zur Bildsprache dazu ... so san halt
die Bestimmungen und Auflagen ... aber bei uns Landschaftsma-
ler sans ganz happig, die Sauhund - entschuldigens scho.
Was glaubns, warum i die letzten zwa Jahr nix malen hab können?

I: Weil die Beamten dementsprechend viele Haare bean-
standet haben?

S: Genau! Und ned nur des; wenn zum Beispü im Verhält-
nis zu viel Preussischblau zum - sag ma amal - Braun aufm Büdl
is beischpüsweise, wissns, oder die Grundierung is zu dünn, dann
gibts was Saftiges. I hab amal nur wegen an Keilrahmen, der ned
vurschriftsmässig vernagelt war, 2 Wochen ned a neiche Tubn Farb
aufmachn dürfn. An Schlußfirnis derf ma erst auftragn, wenns
kommen san und des Büdl abgnommen ham ... so, jetzt glaub i,
san kane Haar mehr zum sehn ...

I: … Entschuldigen Sie, aber was ist denn das da oben?

S: … Shit! Ja, stimmt! Wie sagte schon Goethe einst? Vier Augen sehen mehr als zwa.

I: Herr Stanbronsky, darf ich Sie etwas persönliches fragen? Ihr Vater war ja der bekannte Pistazienmaler Allesandro Stanbronsky und Sie sind ja quasi früh in seine Fußstapfen …

S: … Hörns ma auf mit mein Vata! Des war a Tyrann, sag ich Ihnen. Immer hab i, wie i noch klan war, mit mein klanen Bruder, ihm die Farb anrührn müssen. Mei Mutter hat er oft tögelt, wenn er sich bei einer Pistazie vermalt hat, oder die eine oder andere ned so gelungen ist. Aber, Schwamm drüber, um mit Goethe zu sprechen. Er hat sich eh aufghängt, später …

I: Also war es eine schwierige Jugendzeit, die Sie scheinbar gehabt haben …

S: Na, na, im Gegenteil! Wir ham a sehr schöne Jugend ghabt, mei Bruder und i. Im Frühling, wenn die Pistazien blüht ham, hammas säckeweise abbrockt, die Vogerl ham zwitschert und die Gaßböck san gsprungen dass a Freud war! I hab damals mei erste Landschaft gmalt, mit vier Jahren! Mei Vater hat mir zwar gleich amal fünf Watschen gebn, weil er glaubt hat, i lüg, wie i ihm gsagt hab, des soll a Landschaft darstellen, aber sonst … *während er spricht, entdeckt er noch ein paar Haare im Bild* … Himmeoasch! Da san ja noch Haar! *er kratzt mit seiner Spachtel.*

I: Herr Stanbronsky, nun interessiert mich und unsere Leser sicher auch, wieso Sie in Ihren Bildern immer die gleiche Landschaft zeigen, immer das selbe kleine, vergitterte Kellerfenster, hinter dem der Betrachter immer den gleichen kahlen Baumwipfel sieht. In mir, wenn ich das so sagen darf, wecken Ihre Bilder eine vage Sehnsucht, ein unerklärliches Verlangen, die Außenwelt zu erfahren, sie wie ein Eingeschlossener zu ... zu - sind sie - ich möchte jetzt nicht persönlich werden - einmal eingesperrt gewesen?

S: Solchene Interpretationen höre ich natürlich oft und oft. Na, i war nie eingsperrt und außerdem, was ist schon dabei, in an Keller zu sitzen und außeschaun? Na, mir gehts ums Malerische, Bildnerische, um de Komposition selbst. A so a Gitter, zum Bleistift, is was schönes ... i mal sowas gern ... oder wie eine Farb von der Wand abblattlt, des is für mi ästhetisch, des hat was Erhabenes. I mal sowas halt gern. A Bam mit so viel Blattln? Na, so was könnt i ned, des kann i gar ned. Aber so kahl, ja, des gfallt ma. I sag immer, der Mensch muß des machn, was er kann und ned des, was er ned kann - um mit Nietzsche zu sprechn ...

I: Wann ist denn Ihre nächste große Ausstellung und wo?

S: Da muß i Ihnen sagn, i mach nur mehr sozialpädagogische Sachn, wos wirklich nur um den Menschen geht. Der herkömmliche Kunstbetrieb ist abzulehnen, des san alles Wixer - entschuldigns scho - bei die meisten Künstler braucht ma für jede Installation a dicks Buch dazu, wo drin der ganze Schas erklärt werdn muß, sonst versteht ja ka Mensch wos des soll. Na, i mach im April a Wanderausstellung in Niederösterreich in der Landesstrafanstalt für schwer erziehbare Senioren und Angehörige. So was freut mi, wenn i denan a weng a Hoffnung gebn kann.

I: Na, das freut unsere Leserinnen und Leser sicher, daß Künstler wie Sie, auch wenn es wenige sind, zum Menschen, zum Nächsten hingehen und, wenn es auch nur mit einer Kunstausstellung ist, den Menschen Mut machen, mutig in die Zukunft blicken zu können. Ihre Bilder sind da ja ideal, muß man sagen, für diesen Zweck, denn sie erwecken ja, stacheln direkt an, die Freiheit da draußen genießen zu wollen, hinter diesem hoch angebrachten Kellerfenster. Wenn man Ihre Bilder anschaut, Herr Stanbronsky, reckt man sich instinktiv in die Höhe, mir geht es jedenfalls so, auf die Zehenspitzen quasi, um ja mehr dahinter, hinter diesem hoch angebrachten, noch dazu vergitterten, kleinen Kellerfenster, da draußen zu erspähen, die Sehnsucht, endlich aus diesem … diesem Loch kann man sagen, rauszukommen, rauszusteigen, wird zur Obsession, man will alles daransetzen das zu verwirklichen … und wie um das zu unterstreichen, haben Sie ja … das sehe ich erst jetzt! - in der rechten Bildmitte, im Halbdunkel eine Leiter und daneben ein … ein Dynamitpackerl gemalt, unglaublich realistisch, wie um zu zeigen, ja, es gibt einen Ausweg aus jeder misslichen Lage, man muß nur aufstehen, beherzt zupacken, nicht aufgeben!

S: Na ja, Sie reden ja wie die Großkopferten von die Kunstkritiker, i muß scho sagn. Jeder interpretiert halt wies ihm passt. I hab des Bild ned wegen dem, was Sie jetzt gsagt ham gmalt! I mal halt gern Kellerwände wo der Putz abblattlt, vergitterte Kellerfenster, auch alte Holzleitern und Dynamitpackerln san überhaupt mei Spezialität, ka anderer malt Dynamitpackerln so schön wie i, des könnens mir glaubn! Oft hab i übrigens a Explosion versucht zu malen, daran bin i aber gescheitert. Sehr schwierig, des einzfangen, wenns richtig tuscht … sehr schwierig, also für mi jedenfalls.

I: Haben Sie sich da die Explosionen vorgestellt, imaginiert quasi, oder haben Sie am lebenden Objekt, also richtige Detonationen gearbeitet, ich meine, vielleicht ein Dynamitpackerl zum Beispiel abgebrannt?

S: Na, des geht ja ned. Ein paar Mal hab i des versucht, aber so schnell kann i gar ned maln, wies des zreisst. I man, ma könnt a Foto machn und des dann abmaln, aber von solchene Betrügerein lass i die Händ. I mal nur nach der Natur, des is für mi die größte

Herausforderung. Schauns Ihna amal an, was die Abstraktn für an Schas zsammmaln, von denen kann kaner an Bleistift ... oder an Sockn von mir aus, maln. Des san doch durch die Bank Scharlatane ...

I: Also, Sie sind generell gegen die Abstraktion, gegen die Moderne, wenn ich so sagen darf ...

S: Nein! Im Gegenteil! Abstraktion ist ja Auflösung und Auflösung ist etwas Natürliches. Nehmens an Zucker her ... oder a Kaukaupulver. Wenn sich des auflöst in der Milch, samma ja glücklich und zufrieden, oder? Aber, mir fällt da grad was ein! Ich könnt, ... i hab grad a geniale Idee! Und zwar: des mit die Pinselhaar in an Büdl. Aus denen könnt ma ja was machn. Ma müßt viel, viel mehr Haar in der Farb ham, so daß ma die Haar richtig sieht, die Haar müßtn Bildteil, Bildinhalt werdn - verstengans? ... so richtig viele Haar, daß des Bild scho fast a Relief aus lauter farbige Haar is ... i habs! A Fell aufspannen und anmaln!! Lieber Herr, sind Sie sich dieses Augenblickes bewusst?! Sie san grad Zeuge bei der Geburt einer neuen Kunstrichtung! So, jetzt müssns aber gehn - auf wiederschaun - i muss arbeitn!

Abfahrtslauf

Der Kommentator in seiner Kabine. Man hört im Hintergrund den plärrenden Stadionsprecher

Ja guten Tag liebe Sportfreunde, ich begrüße sie hier aus unserer Kommentatorkabine hier im Zielraum am schönen Mandelstein, zum ... ich glaube, 5. ... oder 6. Mal? ... ich weiß im Moment nicht ... na, ist ja egal, also zum ultimativen, zum wohl wichtigsten Abfahrtslauf dieser Saison, zum Mandelsteinrennen, das, so bezeichnen es die Läufer einhellig ohne ein gewisses Gruseln nicht verbergen zu können, das anspruchvollste, das brutalste, das schwierigste Rennen der Weltcupsaison ist - denn was ist nicht schon alles passiert auf dieser Strecke. Denken sie zurück, voriges Jahr hat es vor Startbeginn zu regnen angefangen, ein Regenrennen, bei dem fast die Hälfte der Läufer nicht das Ziel gesehen hat, weil sie diese unbarmherzige Strecke abgeworfen hatte - sie erinnern sich zum Beispiel an den norwegischen Abfahrer Karl Krautbacher, bei der ersten Zwischenzeit war er - als 23. ins Rennen gegangen - fast der Schnellste und dann ist er - den Sprung über den Hinterkopfsschlag hat er gut genommen wie keiner noch vor ihm - von der Ideallinie abgekommen, der rechte Schi hat gebissen, ihn hats unweigerlich in der Kompression zusammengestaucht, zerrissen praktisch, er hat sich noch soweit erfangen können dass er - der Läufer hat dort eine hohe Geschwindigkeit, bei ihm hat damals die Geschwindigkeitsmessung über sage und schreibe 160 km/h gemessen - sich gerade noch zwischen die dort eng aufgeforsteten Bäume den Wasserfall, der sich dort gebildet hat, hinunter schmeissen hat können und ist erst bei Nieder-Schweinsdorf wieder aus dem Wald gekommen. Frage nicht, wie der ausgeschaut hat! Im Ziel hat die Polizei ihn wegen Landstreicherei festnehmen wollen, weil er wie ein Sandler vom Franz Josefs Bahnhof ausgeschaut hat. Er wurde Dritter. Natürlich war das damals, die Fernsehzuschauer erinnern sich, kein Einzelfall, auch den Italiener Herbert Blunzenbichler hats gleich nach Krautbacher erwischt. Und beide haben sich nachher beschwert, das Rennen sei zu gefährlich - sie haben sogar einen eigenen Vorschlag für eine neue Streckenführung vorgelegt, eine weniger gefährlichere, aber sie kamen damit nicht durch. Hätte man diese Strecke gebaut, hätte die Planung allein schon Millionen verschlungen. Krautbacher und Blunzenbichler wandten sofort ein, gebts uns die Millionen, wir haben sie schon geplant, die Idee sei ja von ihnen usw., aber daraus wurde nichts, das Ganze schlief ein. Die neue Strecke wäre zwar länger gewesen, um einiges länger, aber weniger gefährlicher. Wenn ich, liebe Zuseher zuhause, zu dieser von Krautbacher und Blunzenbichler vorgeschlagenen neuen Mandelsteinabfahrt kurz etwas sagen darf, es wird sie sicher interessieren; sie schlugen vor - und das ist eigentlich gar nicht einmal so dumm - gleich nach dem Start, wo es direkt hinuntergeht, fast senkrecht zwischen den Steinen hinunter - die Kamera zeigt ja nicht, wie steil es da wirklich ist, wenn man oben auf der Kante steht, da bekommt man erst den richtigen Eindruck, da springen die Läufer fast senkrecht hinunter, so an die gut und gerne 102 Meter - bis sie halt unten sind. Und da haben die Zwei den Rotstift angesetzt und die Fleischhacker Seidl Variante vorgeschlagen. Das heißt: gleich nach dem Start - der Start bleibt wo er ist - sofort eine Haarnadelschikane nach links, bis man vor dem Gartenzaun des Hofes von der Familie Fleischhacker steht. Dieser Hof wird gekauft, abgerissen, die Strecke geht weiter über die leicht nach Norden hängende Schoberwiese, bis zum Seidlhof. Dieser wird auch gekauft und abgerissen und weiter gehts durch das wunderschöne Himmelwies, das natürlich durch Umbauten völlig neu gestaltet werden müsste. Es wäre beispielsweise der Bahnhof neu zu verlegen, die Kirche ebenso - anstelle dieser wäre die Zwischenzeitnehmung nebst ein paar Würstelständen geplant - bis der Läufer dem Mühlbach folgend ins Ziel kommt. Ja, so würde die neue Strecke, wenn es nach Krautbacher und Blunzenbichler gehen würde, aussehen, eine Variante, die für genug Aufregung damals gesorgt hat, und, nur an einem gescheitert ist, nämlich am lieben Geld … aber mein Damen und Herren, ich höre gerade, das Rennen hat bereits begonnen! Mit Nummer 1 ist der Österreicher Ferdl Schlagler auf die Piste gegangen, die sich dieses Jahr in Bestzustand präsentiert. Erste Zwischenzeit … den gefährlichen Sprung über den Hinterkopfschlag hat er … weit, weit gehts da hinunter … jetzt die Kompression, wo der Läufer regelrecht zusammengestaucht wird, wie bei der Mutter daheim, oder beim Chef … und schnell ist er! Das wird Bestzeit! Aber noch ist er nicht unten … jetzt die Ortsdurchfahrt durch Schleimbach - da wird nach dem Bahnübergang ein Stück der Weitwanderweg 406 gefahren - gut genommen … jetzt zur 2. Zwischenzeit! Jawohl! Er ist vorne! So, Schlagler ist vorne! Aber um Gotteswillen!! Da verschlägts ihm die Schi … die Bindung vom linken Schi ist aufgegangen … Oh Gott! Ein schwerer Sturz! Man kann gar nicht hinsehen … er fliegt … er steigt hoch … er fliegt über die Fichten … man hört nur Krachen und Splittern, Schnee staubt hoch hinter dem Wald dort … hoffentlich ist nichts Gröberes passiert … es war ja eine Saison der Verletzungen für ihn, achtzehn offene Oberschenkeldurchbrüche, elf Hüftgelenkskapselzertrümmerungen und von den Gehirnerschütterungen gar nicht zu reden, an die hundert werden es schon gewesen sein … Oh Gott oh Gott! Aber da bekomme ich die Meldung, er ist glimpflich davongekommen, das Ärzteteam vor Ort hat bei der ersten Untersuchung nur ein insulfides Seitengehirnwindungstraumata verbunden mit komatöser Bauchlagequetschung diagnostiziert … man kann aufatmen … auch seine Mutter wird sicher jetzt aufatmen. Natürlich wurde das Rennen unterbrochen, die betroffenen Fichten müssen aus Sicherheitsgründen gefällt werden, das muss man abwarten, dass sich kein weiterer Läufer weh tut … es sind dort alte, hohe Bäume, ein alter Bestand. Die Schneise, die der gestürzte Läufer geschlagen hat, geht bis zu Sauwiese hinunter, alle sind mehr oder weniger zersplittert, da gibts sicher noch ein Nachspiel, wer zahlt den Holzausfall usw. Sicher keine schöne Sache für die Hinterbliebenen …

108

Schispringen

In der Kabine sitzen der Kommentator (K) und Konrad F. (F)

K: Grüß Gott meine Damen und Herren! Wir sind hier in der Kommentatorenkabine mit wunderschönem Blick auf die Sprungschanze des Glurschkogels, dem Austragungsort der 64. Station im Weltcup der Schispringer und freuen uns, ich sage wir, denn neben mir sitzt wie immer der Extrainer der Österreichischen Springertruppe Konrad Feuchtenmechter ... Konrad, schön das du da bist.

F: Grüß Gott, bei den Fernsehgeräten, servus Pepi.

K: Also, Konrad, der Glurschkogel gilt ja gleich nach der Klumperschanze, dem Hirschberg, der Stubenschanze usw. ja als die schwierigste Schanze überhaupt im gesamten Weltcupzirkus. Was macht ihn derart schwierig?

F: Ja also, eins is klar, der Glurschkogel ist deshalb so ein Hund - entschuldigen sie zuhause den Ausdruck, aber so sagen wir Springer zu einer solchen Schanze, die was ihre Mucken hat - weil der Springer den Vorbau, der überhängt und länger als bei die anderen Schanzen ist, genau derwischen muss, sonst tragts ihn zu weit nach vorn, die Schi gehen zu früh herein und wenn er nicht, wies da so oft der Fall ist, keine Aufluft bekommt, kanns vorkommen dass er ein Luftloch derwischt - wies da auf dem Glurschkogel oft vorkommt - der Glurschkogel ist bei den Springern gefürchtet, wegen der wechselnden Luftlöcher - und er kann die Geschwindigkeit nicht mitnehmen und es reißt ihn hinunter, oder, wenn er kein Luftloch erwischt, sticht er den Sprung viel zu spät ab, wie wir

Springer sagen, und es ist schon oft passiert, dass er über den Auslauf hinaus erst den Sprung setzen kann. Dann ist es allerdings zu spät …

K: Das heißt, wir werden heute spektakuläre Sprünge sehen … und hier die Startaufstellung: mit Nummer 1 Franz Geblinger, der Pole, der immer hier gut gesprungen ist, mit 2 der Finne Schleichsenger, mit 3 und 4 die Schweden Messlehner und Hinterleckner, dann der Österreicher Brunzenschlager, der zweimal hier gewinnen wollte und beide Male sich nicht qualifizieren konnte, dann kommt der Norweger Schachtelhufer …

F: … entschuldige wenn ich unterbreche, Schachtelhufer, der hat mir heute Vormittag gesagt, der will unbedingt hier gewinnen, der ist ganz heiß …

K: Er hat voriges Jahr ja, die Zuseher erinnern sich, auch hier unbedingt gewinnen wollen, ist aber böse gestürzt damals und hat die Tournee abbrechen müssen … Achtung, ich höre gerade, das Springen hat begonnen! Es beginnt nach gestürzter Reihenfolge; der Bulgare Speckbacher … ein großer, hagerer Springer, ein gelernter Mörtelanrichter, fegt federnd den Anlauf hinunter, zieht weit hinunter … hat einige Schwierigkeiten jetzt … aber er beendet den Sprung mit einer schönen Haltung. Die Weite, ja die ist für seine Verhältnisse gar nicht toll … 124,5 Meter. Da muss er sich im letzten Durchgang aber um einiges steigern. So, nun ist der Tscheche Lumpinger im Anlauf, ein gut gewachsener Bursche, lebt bei seiner Mutter in New York … schöne Haltung … geht über den Vorbau …

F: … Man sieht, er steht zu weich im Schi, leider, man hats gesehen, er hat die Schi nicht gehen lassen, die Rückenkrümmung beim Genick hebt ihn ein bissl aus … der Schi geht nicht herein … er ist nicht überm Schi, er verliert den Schi! … Und oh Gott!!

… Er kommt viel zu spät unter den Schi … es haut ihn … in den Wald … und … mein Gott! … beim Aufsprung auf eine Fichte hats ihm … einen dicken … Ast hinten … hinei … ich kann gar nicht hinschauen. Ja, da sehen sie, meine Damen und Herren, wie der Glurschkogel den kleinsten Fehler straft, er verzeiht keine noch so kleine Unsicherheit des Springers …

K: … Ja und ich höre gerade dass die Sprungleitung hier auf dem Glurschkogel nach diesem bösen Sturz des Tschechen eine Trauerminute einlegt … danke. Es geht weiter!

F: Es muss weiter gehen, die Springer haben sich ja für dieses Springen hier lange vorbereitet, es wäre auch nicht im Sinne Lumpingers gewesen, wenn man das Springen hier abgebrochen hätte, was das Ganze für ein Geld gekostet hat, die Anreise der Athleten, die Unterbringung, der Tross, und und und …

K: … die Nummer 16 ist jetzt auf dem Bakken, der Lette Brauseneder … die Anlaufgeschwindigkeit ist sehr hoch, … schnelle Schi … oder ist es sein neuer Anzug, der nachher bei der Sprungkommission sicher für Aufsehen sorgen wird? … ich weiß nicht, ob der Lette da nicht disqualifiziert werden wird …

F: … Er hat ja schon voriges Jahr für Aufsehen gesorgt mit einem damals neuen Anzug, die Kommission hat ihn damals ja disqualifizieren wollen. Die Regel besagt ja, blaue Anzüge sind verboten, weil die Farbe Blau den Anzug schneller macht als zum Beispiel Gelb oder Braun. Jetzt hat aber Brauseneder einen violetten Anzug angehabt und die Kommission hat gesagt, da ist Blau drinnen, das ist gegen die Regeln. Aber die anderen Springer haben gesagt damals, den Anzug wollen wir auch, Brauseneder ist ja damals mit dem Anzug um … um Längen vorne gewesen, und wie gesagt, die Springer haben damals die Springerkommission praktisch gezwungen, die Disqualifikation Brauseneders zurückzuziehen, sie sind ja damals hin, dort wo die Kommission ihr Büro gehabt hat, haben das Gebäude regelrecht belagert, sind dann hinein und der Verband der Springerkommission hat dann letztendlich den Ausschluss des Letten annulliert, nicht zuletzt aber deswegen, weil die aufgebrachten Springer damals den eingeschüchterten Kommissionsmitgliedern - es war ja , glaube ich, sogar auch der schwedische König anwesend, er war kurz auf einen Kaffee vorbeigekommen - sie haben ihnen, wie gesagt, die Latten angeschnallt, jawohl, sie gepackt und zur Schanze geschliffen, zum Bakken und gedroht, wir hauen euch hinunter wenn ihr nicht die schönen neuen Anzüge für uns genehmigt, und dann hat die Kommission unter diesem Druck nachgegeben und hat gesagt, gut, so schlecht ist der Anzug ja nicht und heute tragen ja alle so einen Anzug, da muss man mitgehen, mitziehen, darf sich Neuerungen nicht verschließen ...

K: ... Und er zieht weit hinunter ... das dürfte die Sprungrichter unten beeindrucken, wie er in sehr schöner Haltung ... auf den Aufsprung kommt es aber an ... da sind die Sprungrichter heikel ...

F: ... das ist ja seine Stärke, dass er schön über dem Schi steht, kein Wackler, den Schi mitnimmt ... den Sprung nicht zu früh absticht, wie wir sagen ... aber jetzt ... hat er ein Luftloch bekommen! Er will noch korrigieren ... rudert etwas mit den Händen ... aber er muss den Sprung stehen, sonst ... nein, er kann ihn nicht stehen, er ... aus!

K: Ja meine Damen und Herren, sie sind Zeuge geworden daheim an den Fernsehgeräten, der Lette Brauseneder hat den Sprung als Blutlache beendet, so traurig das auch ist, es wird jetzt schwierig werden für die anderen Springer, die meisten haben sicher oben im Vorbereitungsraum auf den Monitoren das Ganze mitverfolgt und werden jetzt dementsprechend beieinander sein ... ich höre gerade, es wird einige Zeit dauern, bis die Schanzenarbeiter die Blutlache weggeputzt haben werden und, das darf man nicht vergessen, bis sie auch die Ausbesserungsarbeiten durchgeführt haben werden - denn immerhin ist ein tiefes Loch, ein breites Loch entstanden - da wird Aushubmaterial von der nächsten Baustelle mit Tiefladern herbeigefahren und wenn das halbwegs eben wieder ist, muss abgewartet werden bis es wieder schneit, dass eine gleichmäßige Schneeschicht darüber kommt, das ist für den Veranstalter gar nicht einmal so einfach ... der Wetterbericht, höre ich gerade, verheißt nichts Gutes, bald kommt der Sommer und dann wirds erst wieder so in ein, zwei Monaten schneien, also für die anderen Springer ist das jetzt sicher nicht einfach, das Warten, im Geiste wird noch einmal der Sprung ...

Rodeln

„So, liebe Rodelfreunde, ich melde mich hier aus dem ausverkauften Rodelstadion, aus der Rodelarena im schönen Hintergrabnerwald mit dem herrlichen Blick auf den Anspruch und heute gehts ja um einiges: heute wird ja der letzte der 247 Läufe dieser Weltcupsaison ausgetragen und die Startaufstellung verspricht da einiges, meine Damen und Herren. Es ist einer wieder mit dabei, der die letzten 200 Male gefehlt hat, nämlich der Melker Kühtreiber aus Melk im Melktal, der so lange verletzt war und nun sein Comeback hier feiert, noch dazu auf einer von ihm selbst entworfenen Rodel, einem ausgefeilten Gerät das alle Stückerln spielt wie er selbst gesagt hat, und das er ganz aus eigener Tasche bezahlt hat, nur von seiner Oma hat er was genommen, die ihm aber damals nicht böse war. Wenn der Bub was braucht, hat sie gesagt, kann er immer zu ihr kommen. Kühtreiber gilt als Einzelrodler, es wurde ihm ja vom Verband mehrmals angeboten doch in den Bereich Zweierrodel zu wechseln, aber er hat gesagt mit einem Zweiten so eng aneinander auf einer Rodel das ist nichts für mich, das ist ihm unangenehm, da leidet die Konzentration. Kühtreiber gilt als hervorragender Starter, seine Startzeiten sind die Besten im gesamten Feld, aber warum er immer als Letzter ins Ziel gekommen ist, liegt daran, sagt er, weil das Material nicht gepasst hat. Mit der neuen Rodel kann man gespannt sein, was uns der Melker - sein Vater war schon Rodler lange vor ihm - heute zeigt, wir sind gespannt. Mit der Nummer 961 kommt ein Mann, der sich - das kann ich sagen - in die Herzen aller gerodelt hat, denn wir werden nie vergessen, als er beim Weltmeisterschaftslauf im … im Ausland, mir fällt jetzt in der Schnelligkeit nicht ein, wo das war … wie er nach dem Zieleinlauf seinen Stuhl mit aller Gewalt zurückgehalten hat, zurückhalten hat müssen, bis die Siegesfeier vorbei war, und die war doch erst 2 Tage später, so ein Bursch war das und ich spreche von keinem Geringeren als von Karl Hermetsberger, dem Mann aus Bichlwald in Russland, aus dem Russischen, das schon viele namhafte Rodler hervorgebracht hat, denken sie nur an Koppelsteiner, auch ein Bichlwalder, der Olympiagold gewonnen hat. Ja, wer ist noch dabei! Sie erinnern sich an den Bulgaren Schuster, der heute als 436. ins Rennen gehen wird und auch gewinnen könnte. Die Brüder Wolfsschlager sind auch wieder am Start, die zwei Norweger, einer, der Ältere lebt in San Francisco, der Andere in Weitra, ein Brüderpaar, das immer für einen Sieg gut ist. Ja und ich höre gerade, dass das Rennen hier begonnen hat. Wer also wird hier im Hintergrabnerwald, auf dieser selektiven, 21 Meter langen Strecke gewinnen? Der Start befindet sich in 2046 Meter Höhe auf der Schladereralm, das Ziel ist mit 13 Meter unter der Meereshöhe eines der tiefsten Ziele im Rodelsport, die Rodler erreichen in manchen der 96 Kurven das Achtfache der Erdanziehungskraft, also das fünffache ihres Gewichtes, das heißt, ein Mann der 100 Kilo wiegen würde, hätte im Normalfall das Doppelte an Gewicht auszuhalten, das er hätte, wenn er nicht gestartet wäre. Der Serbe Wimsbacher hat das Rennen eröffnet. Es wird im 4 Sekunden Rhythmus gestartet, da Wolken aufgezogen sind und man befürchtet, unerwarteter Platzregen könnte die Veranstaltung ins Schwimmen bringen. Wimsbacher ist im Ziel mit einer Zeit von 6,352771 Sekunden. Jetzt der Österreicher Manfred Kerschgrabler ... auch er kommt nicht unter 6 Sekunden. Das muss man sich vorstellen, was die Athleten hier leisten! Diese lange Vorbereitungszeit, die Materialabstimmung, testen und nochmals testen und dann ist in ein paar Sekunden alles vorbei. Mich wundert nicht, dass viele aus dem Rodelsport ausgestiegen sind aus lauter Frust, die gesagt haben, nein, ohne mich, ich bin ja nicht blöd, ich sehe meine Familien nicht mehr, die vielen Trainingsfahrten usw. Der Russe Nimmlanger, sie erinnern sich sicher, hat damals alles hingeschmissen, nachdem es ihm durch die vielen Trainingsläufe damals, die Kufen von der Rodel regelrecht wegradiert, weggeschliffen hat bis auf das nackte Brett und er - er stammte aus einer armen Kohlengräberfamilie - kein Geld gehabt hat, um sich neue Kufen zu kaufen, er hat sich selber welche gebastelt, aus Weidenruten, er hat nicht aufgegeben hat aber dann doch, wie gesagt, alles hingeschmissen und gesagt, nein, ihr könnts euch einen anderen Trottel suchen usw. So, während ich sie zuhause an den Fernsehschirmen über dies und das hinter den Kulissen des Rodelsports informiert habe, sind 27 Rodler in der Zwischenzeit ins Ziel gekommen, aber sie haben nichts versäumt. Aber nun bringt der Schwede Adolf Rechensteiner die messerscharfen Kufen seines Gerätes auf Betriebstemperatur ... der große Schwede, ein alter Hase im Rodelzirkus, hat heute seinen 72. Geburtstag und das größte Geschenk wäre ein Sieg hier und ... aber wieder nichts! Ja er ist sogar bis jetzt der Langsamste. Aber er ist ein Kämpfer, er weiß, er kommt wieder und winkt in die Menge, er ist so etwas wie der Liebling der Zuschauer hier im Hintergrabnerwald, in diesem Oval. Jetzt gibt es aber einige Verwirrung, denn Hans Niedersetzer, der Türke, der kurz nach Kerschgrabler gestartet ist, wird in der Wertung als nicht angekommen geführt, er ist praktisch noch nicht im Ziel angekommen. Hoffentlich ist nichts passiert! ... Ich höre gerade, er wurde im oberen Streckenabschnitt zum letzten Mal gesehen, zwischen dem Hamstergschund und der Nackschartn, aber aus dem Pfandlerwald danach ist er nicht mehr aufgetaucht. Na ja, vielleicht taucht er noch auf. Also, nach den ersten 83 Läufern führt Leckinger vor Stammschlager und Kletzenbacher, dem Rumänen. Wo sind die Österreicher ... als 102. und damit bester ist Kühtreiber, davor wird Weidinger hinter ihm angezeigt. Aber am Start stehen ja noch Irbitzeder und der junge Wundling, der auf jeden Fall zum Favoritenkreis zu zählen ist, der immer alles will, niederreißen will und sei es mit der Brechstange, was ihm auch oft schon Ärger mit der Justiz eingebracht hat, ich erinnere nur an den Vorfall vor zwei Jahren, als er nach einem Weltcuprennen nächtens mit der Brechsta ... aber da höre ich gerade der Türke ist wieder aufgetaucht, er sitzt zu Hause bei seiner Familie und isst Kichererbsen mit Fladenbrot. Mahlzeit! So, das Rennen geht weiter!"

Fußball

„Grüß Gott, liebe Fußballfreunde, hier aus dem Steckinger-Stadion in Frankreich, zum so wichtigen Länderspiel zwischen Deutschland und Österreich. Um was gehts: es geht um den Einzug in das Semifinale und beide Mannschaften haben sich viel vorgenommen, auch deshalb, weil es doch so unschöne Vorfälle im Vorfeld dieses Länderkampfes gegeben hat. Zum Beispiel dieser Wirbel wegen den Toren. Die Österreicher haben sich vehement dagegen gewehrt, die normalen Netztore zu akzeptieren, sie haben gemeint, die sind zu groß, da bekommen wir zu viele, das ist ungerecht und verlangten, wenn die Deutschen nun unbedingt die großen Netztore haben wollen, nun denn, sollen sie Netztore aufstellen, wir Österreicher aber nehmen nur zwei Schultaschen und legen sie im Abstand von 2 Metern auf den Rasen, das seien unsere Tore. Es gab danach eine große Aufregung, die Fifa wurde eingeschaltet und der Streit wurde beigelegt, die Deutschen haben ihre Netztore und die Österreicher dürfen zwei Schultaschen mit den Abmessungen 27 cm mal 34 cm auf den Rasen legen. Dann die

Aufregung wegen der Dressen. Die Deutsche Mannschaft ließ durch den Pressesprecher des Fußballbundes den Österreichern ausrichten, die Farben der Österreichischen Dressen, braune Socken, braunes Oberleibchen mit dunkelbraunem Rundkragen und stahlbraune Überhose, stächen so in ihre Augen, dass da der Ball nur mehr schlecht auszumachen wäre. Natürlich kamen die Deutschen mit diesen Argumenten nicht durch, das Oberste Fußballschiedsgericht in Rotterdam sagte klipp und klar, gegen die Farbe Braun sei absolut nichts einzuwenden, ja Braun sei sogar eine für die menschliche Psyche beruhigende Farbe und die Deutschen sollten sich bei den Österreichern ein Beispiel nehmen. Andererseits ließen sich die Österreicher auch nichts gefallen und beschwerten sich, dass die Deutsche Presse schon vorab die Österreicher als „Scheißer", „Schweinsrüssel" und „Hundeficker" titulierte. Die Empörung war riesig damals und wenn Österreicher einen Deutschen damals irgendwo antrafen dann stellten sie ihn und sagten ihm, dass sie so was empörend finden und luden den Deutschen dann auf ein Bier ein, um zu zeigen, in Österreich ist man ganz anders drauf. Was aber gewisse Magazine in Österreich trotzdem nicht abhielt damals, in die gleiche Kerbe zu schlagen und Schlagzeilen brachten wie: „Die Deutschen sind Hundsschädel" oder „Jeder Deutsche ist ein Katzenficker", was wiederum die Deutschen aufbrachte und jeden Österreicher stellten, ihm zu verstehen gaben, das sind nur die gemeinen Journalisten, ihn auf eine Schorle mit Korn einluden und friedlich miteinander abfeierten. Meine Damen und Herren, liebe Fußballfreunde, das Alles sollte aber nicht den Sportsgeist, die Begeisterung für diesen Sport trüben, letzten Endes sind diese Querelen gut über die Bühne gegangen, haben sogar, das kann man sagen, bei den Fans noch mehr Euphorie angestachelt, man denke nur an die Ausschreitungen letzte Woche in vielen Städten in Deutschland und, leider muss man sagen, auch in Österreich; halb Linz brennt ja noch immer. Katastrophen hier und dort. Aber liebe Fußballfreunde, wir wollen jetzt nicht den Teufel an die Wand malen wie man sagt, sondern uns auf dieses wichtige Spiel hier konzentrieren, auf diese Begegnung, die entscheidet, wer in das Semifinale einzieht, Deutschland oder gar die Österreicher. Wünschen täten wir es ihnen ja. So, hier die Aufstellungen, und dazu muss man ja sagen, hat es auch einige Aufregung darüber gegeben, etwas ganz Entscheidendes für die Zukunft des Fußballsportes hat sich beim Aufstellungsmodus wenn sie so wollen geändert, nämlich, die Mannschaften, besser gesagt die Trainer können in Zukunft bestimmen, wie viele Spieler sie auf das Feld schicken, aus wie vielen Spielern die Mannschaft besteht. Ein Kuriosum, das heute bei diesem Spiel das erste Mal praktiziert wird. Es gibt zwar - das wurde nach langen Sitzungen der Teamchefs und der Vereinsvertretern der Länder beschlossen - eine oberste und unterste Grenze. So darf keine Mannschaft aus weniger als zwei Spielern bestehen, dabei ist unwichtig ob zwei beispielsweise Stürmer und kein Tormann, oder zwei Verteidiger oder auch nur zwei Tormänner auf dem Spielfeld sind. Nach der festgesetzten Obergrenze dürfen nicht mehr als 65 Spieler eingesetzt werden, wohlgemerkt pro Mannschaft. Das kann beispielsweise zu Spielen führen, wo z. B. Schweden mit 3 Mann und Argentinien mit 66 Spielern antreten. Wenn sie das aber machen, sind sie disqualifiziert, denn die Höchstgrenze sind 65 Spieler, egal was für Hautfarbe. Diese Neuerung haben die Österreicher ins Rollen gebracht, denn sie haben gesagt wir verlieren auf jeden Fall wenn wir nur mit elf Mann auflaufen, die Deutschen sind stärker, wir bräuchten doppelt so viele um dagegenhalten zu können und wir wollen, dass die Regeln auf das hinauf geändert werden. Nun, die Deutschen haben zugeben müssen dass sie stärker sind und dass die Österreicher recht hätten und so haben sich die obersten Fußballfunktionäre zusammengesetzt und einen neuen Regelkatalog ausgearbeitet. Aber jetzt konzentrieren wir uns auf das so wichtige Spiel hier. Die Deutschen kommen heute mit 5 Mann auf das Feld, mehr brauchen sie nicht, um Österreich unter Druck zu setzen, hat der Deutsche Trainer großspurig behauptet. Dass er sich nur nicht schneidet! Die Österreicher haben das ganze mögliche Kontingent, nämlich 65 Spieler aufgeboten, um Deutschland zu besiegen. So, bei den Deutschen ist im Tor Meier, davor eine Zweier-Verteidigungskette, nämlich Mayr und Meuer, davor das bewährte Stürmerduo Mayer und Mejer. Zu Mejer muss man sagen, dass er äußerst widerwillig seiner Nominierung durch den Teamchef gefolgt ist, er war gerade in Spanien auf Urlaub und hat gerade den Kübel mit Sangria an seine Lippen gesetzt, da läutete das Handy und der Teamchef war dran. Ein Wort gab das andere und dann hat er den Mädchen die um ihn herum waren gesagt, sie sollen warten, er kommt gleich wieder, und so ist er hier. So stand es auf jeden Fall in den Gazetten damals … wer weiß, obs stimmt. Bei den Österreichern steht zwischen den Schultaschen unser Nr. 1 Torwart Heinzi Weichlehner, die Anderen sind zu viele um die Namen aufzuzählen, vielleicht sollte man aber erwähnen, dass Franz Braunsberger wieder dabei ist, er war ja längere Zeit weg, hatte Schulden und bei dem Versuch, die Schulden mit einem Male loszuwerden, wurde er, … na ja, so berichteten es jedenfalls die Gazetten damals. Dann wäre noch der linke hängende Mittelfeldmotor Georg „Schurli" Grebesmüllner anzuführen, der eine beispiellose Karriere hinter sich hat … und jetzt, weil er schon etwas zu alt ist, vom Teamchef als Ausputzer im rechten Mittelfeld eingesetzt wird. Wie er gehört hat, dass er das Vertrauen vom Teamchef ausgesprochen bekommen hat, waren seine ersten Worte „schon wieder" und „immer ich, nehmens doch einen anderen, ich habe keine Lust". Achtung, das Spiel beginnt! Die Deutschen kommen, Mayr zu Mejer … TOOOOR! Die Österreicher versuchten zwar, den Spielfluss der Deutschen zu stö … Tor! Ja was ist da nur los in der Österreichischen Mannschaft! Hier stimmt die Zuordnung nicht. Die 16 Mann, die auf Mejer aufpassen müssten, haben geschlafen, anders kann ich das … TOR!! Ja, so schnell kanns im Fußball gehen. Mayer, das sieht man in der Zeitlupe genau, bekam den Ball von Mejer auf die Brust, von dort ist er ihm von der Nase über den Scheitel ins Kreuz, von dort auf das rechte Knie, 4 Österreicher steigen ihm noch hinein, aber der Schiedsrichter hat das nicht gesehen, es wurde ihm von den Österreichischen Verteidigern geschickt die Sicht verstellt. Unser Tormann, der auf einmal Hunger bekommen hatte, langte hinter sich nach einer Wurstsemmel und versuchte noch mit der angebissenen Wurstsemmel im Mund hineinzugrätschen, abzuwehren, aber da kollerte das Leder unglücklich unter seinem Wurstsemmelarm durch ins Tor. Ein dummes Tor! Enttäuscht öffnet er sich ein Bier und raucht sich eine an. Die Österreichische Ma … TOR! TOR! Mein Gott … solche Trotteln! Blitzschnell haben jetzt die Deutschen die Österreicher ausgekontert und sind ganz alleine im Strafraum der Gegner aufgetaucht, alle Österreicher waren aus ihrer Hälfte draußen um auf Abseits zu spielen, aber die Deutschen haben das überrissen und die Situation eiskalt ausgenützt. Also, jetzt muss Österreich aufpassen, dass es nicht unter die Räder kommt! Und da ist schon das nächste Tor!! Tor durch Mejer. Aber auf einmal kommt Leben in die Österreicher, Kratzbacher hat das Rund geschickt dem verdutzten Mayer abgenommen und ist blitzschnell zum gegnerischen Tor hin, zieht ab … und TOOR! Aber für die Deutschen! Ja, gibts denn so was! Der Ball ist, vom Deutschen Tormann, der ihn weg gefaustet hat, direkt dem Österreichischen Tormann durch die Beine, wie er sich gerade nach einem köstlichen Krapfen gebückt hatte, den hatte ihm seine Frau hinter die Schultaschen gelegt, also durch die Beine durch ins Tor hinein … ein reines Pech! Jetzt brauchen aber die Österreicher mehr Glück als bisher … einmal noch bäumen sie sich auf … und TOR! TOR! Wieder für die Deutschen! Das gibts ja nicht! Wie wird der Österreichische Teamchef reagieren? Wird er wechseln? Die mitgereisten Österreichischen Fans lassen bereits die Köpfe hängen, nichts wird es mit dem Einzug ins Semifinale, es bleiben nur noch 12 Sekunden die Partie umzudrehen … aus! Da ist der Schlusspfiff! Deutschland schlägt in einem packenden Spiel Österreich 61:0. Meine Damen und Herren, leider hat man wieder sehen müssen, wie schlecht die Österreichische Abwehr gestanden ist, dass das Mittelfeld nicht in der Lage war, die Deutschen Angriffe zu unterbinden ... aber was sage ich da, ist eh schon wurscht. Das wird eine feuchte Heimreise werden, das kann man jetzt schon sagen, viele Tränen enttäuschter Fans werden fließen, obwohl - ich sehe da gerade, immer mehr Deutsche Fans gehen jetzt zu den Österreichern und trösten sie - ich sehe Gruppen, die sich gegenseitig trösten, Deutsche sind zu sehen, die die Österreicher einladen, mit ihnen Schorle mit Korn zu trinken und sie aufmuntern mit den Worten, das nächste Mal werde Österreich gewinnen ..."

Weitsprung der Damen

„Grüß Gott, liebe Sportfreunde, zum heurigen Adventspringen, zur Entscheidung im Weitsprung der Damen hier im Weikertsdorfer Leichtathletikstadion, das sich gut gefüllt präsentiert, es sind noch nicht alle Plätze besetzt, das liegt sicher daran weil so ein schöner Sommertag ist und die meisten Menschen lieber ins Bad gehen oder beim Heurigen sitzen. Auch ich, das gebe ich offen zu, würde auch lieber mit einer schönen Frau im Bad herumliegen als hier in der Kommentatorenkabine zu schwitzen ... nun gut, man kann nicht alles haben. Also freuen wir uns auf dieses 43. Leichtathletikmeeting hier in Weikertsdorf bei der Entscheidung im Weitsprung der Damen. Das Starterfeld liest sich wie das Who is Who der Weltrangliste der Leichtathletik, da findet man die Amerikanerinnen Hilde Weixelbrand und Herta Kubitschek, die Senegalesin Elfriede Blechinger ebenso wie die Kenianerin Aloisia Brenneisner. Auch die Engländerin Helga Schwabhausner, die Siegerin von Oslo, startet - ja wer noch: die Deutsche Franzi Kellner sehe ich - nicht, aber dafür hat die Bulgarin Josefine Murkstäuschner schon die Sprungschuhe an, sie ist anscheinend ganz heiß darauf, endlich diesen Bewerb zu gewinnen, es wird schwer werden ... wir werden ja sehen. So, der Bewerb beginnt mit Luise Schauswieser, der stämmigen Russin ... ein forscher, resoluter Anlauf, sie wirft die Arme nach vor ... nein, das war kein guter Sprung von ihr ... 1,56 Meter die enttäuschende Weite der Russin ... die jetzt zu weinen anfängt, losheult, voll abheult, wie die Jungen heutzutage sagen ... die Russin ist sehr enttäuscht, aber was solls bitte, da muss ich halt mehr trainiere, effizienter mich vorbereiten und nicht jeden Tag bis halb Fünf in der Disco abhängen und Wodka saufen, so ist das halt ... jetzt aber eine die zum engeren Kreis der Favoritinnen zu zählen ist, die Schwedin Walpurga Schmiedleitner, ein Hühne von einer Frau, mit ihrer eigenen Art, in den letzten Sekunden vor dem Sprung noch einmal den Sprung im Geiste zu visionalisieren, sich jeden Schritt einzubläuen quasi, sie sehen, wies zugeht da im Stadion, wenn sie wie eine Verrückte mit verdrehten Augen herumhopst, herumspringt, ja, das ist ihre eigene Art sich vorzubereiten, das hat sie mit ihrem persönlichen Mentaltrainer - übrigens ein Österreicher - ausgearbeitet. So, sie ist bereit ... sie läuft an ... springt ... aber viel zu weit rechts! Viel zu sehr auf den Absprung hat sie sich da konzentriert und dadurch seitlich die Bahn, die Betonbahn übersprungen ... versprungen, sie hat sich regelrecht versprungen, ist ins Kiesbett hineingesprungen, viel zu seitlich aufgesprungen! Wieder nichts! Es muss für sie zum Verzweifeln sein. Nach dieser langen Zeit der Entbehrungen, sie hat ja erst vor kurzem eine Abmagerungskur beendet - die sie von ihrem Mann verordnet bekommen hat - und nun diese für sie - und auch für uns - große Enttäuschung. Mein Gott, wenn sie diese Weite hier in den Sand gesetzt hätte, die sie vorhin bei ihrem unglücklichen Seitensprung in die Betonbegrenzungen der Stadionseitenteile gezeigt hat - immerhin haben die Sprungrichter an die 16,534 Meter! angezeigt - ja das wäre mit Sicherheit der Siegessprung gewesen, denn wer hätte ihr noch gefährlich werden können: auf jeden Fall die Weißrussin Brigitte Oberförster, die eine hervorragende Wegspringerin ist, in der Luft aber immer Schwierigkeiten hat, da ist sie zu sehr statisch. Dann auf jeden Fall Anna Steckschuster aus Venezuela, die in der Luft eine gute Figur

122

macht, sehr schön die Arme und Beine einsetzt, die aber oft bei der Landung ihre Schwierigkeiten hat, weil sie manchmal zu viel will, dadurch zu verkrampft ist, auch beim Absprung selbst hapert es oft. Sie hat einmal beim Einspringen gemeint, lange macht sie das nicht mehr, die Freude ist irgendwie weg, die Luft ist draußen, der Zug abgefahren. Auch hält sie, je älter sie wird, die anderen Athletinnen auf die Dauer nicht mehr aus, die reden immer nur vom Essen und sie will lieber gescheitere Sachen reden. Na ja, wenn sie glaubt, wir halten sie nicht auf, sicher ist aber, wenn sie abspringen würde, verlöre der Weitsprung eine der größten, der schillerndsten Persönlichkeiten an Steckschuster."

Speerwerfen

„Grüß Gott, liebe Sportfreunde, wir befinden uns hier im schönen Rund des Niederkranzbacher Leichtathletikstadions und zwar findet hier in Kürze die Entscheidung im Speerwerfen statt, einer Disziplin, bei der sich die Österreichischen Athleten durchaus Chancen ausrechnen, um den Sieg mitwerfen zu können. Die Qualifikation haben sie locker geschafft. Es galt, die vom Ukrainer Willibald Schwingdenschlögel geworfene Weite von 18 Meter zumindest zu erreichen. Fritz Umbachner warf 18,011 Meter und steht im Finale, Otto Niemandsmandl, der zweite Österreicher überbot die geforderte Weite locker um 0,1 Meter und wirft ebenfalls um die Entscheidung mit. Wer steht noch im Finale: der Iraner Clemens Fabringer hatte in der Qualifikation sagenhafte 109 Meter geworfen, allerdings mit einem Speer, den er selbst sich gebastelt hatte aber der von der Materialbehörde des Internationalen Speerwurfkomitees als regelwidrig befunden wurde. Die Athleten müssen nach ihrem Wurf mit ihrem Gerät zur Materialbehörde, wo das Gerät vermessen, gewogen und auf seine Materialzusammensetzung geprüft wird. Der Iraner hatte seinen Speer aus einer Eisenstange, einem Eisenrohr gemacht, aber zugelassen sind nur Speere aus glasspanverlaminiertem Karbonit mit einem Gewichtslimit bis 2,843 Kilo. Sein Speer aber brachte stolze 24 Kilo auf die Waage. Er sagte, er habe die Regeln nicht lesen können, weil er nur schlecht Deutsch spricht. Es wurde ihm, weil er das Mitleid der Kommission erregte - vor allem das der weiblichen Mitglieder - gestattet, sich mit einem ausgeborgten Speer vielleicht doch noch zu qualifizieren. Das tat er dann auch und schaffte die geforderten 18 Meter. Über ihn ist noch Eines zu sagen; Fabringer kam eigentlich über das Steinewerfen zum Speerwerfen; jedes Wochenende wurde in seinem Heimatdorf irgendwer gesteinigt - dabei tat er sich durch seine schon damals ausgefeilte Technik besonders hervor - und es war nur eine Frage der Zeit, dass er die Liebe zum Speerwerfen entdeckte. Soviel zu Clemens Fabringer. Weiters sind nicht zu unterschätzen der Schwede Aufholzer und der Weißrusse Koppensteiner, beide ganz scharf auf den Sieg … aber ich höre gerade, die Athleten, die gemeinsam Mittagessen in das hervorragende Gasthaus „Zum abgelaufenen Burenhäutl" gegangen sind, lassen durch einen Funktionär ausrichten, sie bleiben lieber noch im Gasthaus, es sei gerade richtig lustig geworden, das Bier hier sei hervorragend und sie hätten überhaupt keine Lust mehr auf Sport und sie lassen fragen, ob man den Bewerb auf morgen verschieben könne. Wenn nicht, ließ man verlauten, dann machts auch nichts. Na gut, meine Damen und Herren, wenn das so ist, dann gehen wir auch, einen schönen Tag wünsche ich noch und auf Wiedersehen!"

Kugelstoßen

„Ein herzliches Grüß Gott, meine sehr verehrten Damen und Herren zuhause an den Fernsehschirmen. In Kürze beginnt der Bewerb des Kugelstoßens, der Königsdisziplin im Weitwurfsport, eine Disziplin, die leider, muss man sagen, immer mehr in Vergessenheit gerät, vor allem die Jüngeren und Jungen wissen mit dieser Sportart nichts mehr anzufangen. Mein kleiner Neffe, gerade mal fünf Jahre alt, antwortete auf meine Frage, ob er weiß was Kugelstoßen ist, mit nein. Er wüsste zwar, dass Kugeln aus einer Kalaschnikow geschossen werden, aber dass es Leute gibt, die die Kugeln auch stoßen, halte er, wie er sagte, für echt finster, voll feige … ja, die Jugend. Nun, aber zu diesem Bewerb, bei dem sich die Weltelite des Kugelstoßens ein Stelldichein gibt. Wir werden sicher einen spannenden Bewerb sehen, es werden, das kann ich jetzt schon sagen, einige Rekordstöße darunter sein, den Weltrekord hält derzeit der Rumäne Helmut Kreischleiner mit der sagenhaften Weite von 402 Metern, mit einer kleinen Gipskugel, vom Scheiblingstein bei Rückenwind hinuntergestoßen. Kreischleiner wärmt sich übrigens im Hintergrund dort vorne gerade auf. Rechts ist der Ungar Ludwig Fettlehner auch bei Vorbereitungsübungen zu sehen, er wiegt gerade seine Papierkugel, sein Papierkügelchen, bedächtig in seiner Stoßhand. Fettlehner ist der typische Kugelstoßer, durchtrainiert und ein Hüne von einem Koloss, ein richtiger Riegel, ein so genanntes „Restl", wie wir sagen. Dann sehe ich neben dem Österreicher Dumsenbacher den stillen Norweger Jörg Kronsberger, ein schweigsamer Mann, der kein beliebter Interviewpartner ist, weil man nichts aus ihm herausbringt. Er soll aber einmal im Monat so dermaßen durchdrehen, praktisch aus dem Nichts heraus, dabei verwandelt er das Zimmer in einen Trümmerhaufen, so steht es jedenfalls monatlich in den Gazetten … gut, wer weiß obs stimmt … trotzdem gilt er bei seinen Kameraden als ein besonders gewissenhafter Sportler, der jedem hilft wo er nur kann. Aber es geht los, meine Damen und Herren! Peter Schneidbrenner aus Nigeria beginnt. Er betritt den Kreis, prüft federnd den Sitz der Kugel in seiner Faust, er hat sich für die Seifenkugel entschieden, ein Küglein nicht größer als ein Taschentuch … dreht sich … einmal … noch einmal, jetzt noch einmal und stößt die Kugel weit von sich, wippt mit den Beinen, das Gleichgewicht haltend, und sieht der Kugel nach, wie sie 3 Meter weiter ins Gras plumpst. Da hätte ich mir von ihm aber entschieden mehr erwartet! Mit dieser Weite kommt er nicht ins Finale, das steht fest, was da mit ihm los war, hat man nicht gesehen, es hat alles ganz normal ausgesehen … gebeugt geht er gerade in die Kabine, ein gebrochener Mann. Nun aber betritt einer der Favoriten das Feld. Der Däne Dietrich Dattelhuber, der seine 206 Kilo geschmeidig bewegt wie kein anderer und immer gut aufgelegt ist, bestreitet die Qualifikation mit seiner geliebten stahlbetonverstärkten Eisenkugel, die er immer bei sich hat, egal wo er ist, die ihm schon etliche Schwierigkeiten bereitet hat, weil welcher Restaurantbesitzer sieht gerne einen Gast, der eine 1,2 Meter Eisenkugel mit sich schleppt … eine schrullige Persönlichkeit auf jeden Fall. Seine Lieblingsspeisen sind Selchfleischknödel vom Billa, dann isst er sehr gerne die normalen Fleischknödel, auch vom Billa und in Schweinsbraten mit Kartoffelknödel könnte er sich eingraben, hatte er einmal gestanden. Dattelhuber nimmt sich nun die Kugel zur Brust, sein Atem geht gleichmäßig … eine … zwei … drei Drehungen und er stößt die Kugel von sich, begleitet von seinem charakteristischen Schrei, besser ein Brüllen und die Kugel fällt wie ein Meteorit der Erde zu und reißt keinen Meter von seinem Standort entfernt, einen 5 Meter tiefen Krater. Jetzt sind die Weitenrichter gefragt, die schon mit ihren Meßgeräten und Computern heranrauschen. Es zählt ja nicht nur die Weite, sondern es wird das Gewicht, die Größe und die Einschlagstiefe der Kugel zueinander in Beziehung gesetzt und berechnet, das heißt, der Däne würde gegen einen, der beispielsweise ein Kaugummikugerl aus einem x-beliebigen Automaten sagen wir 100 Meter schmeißt, besser abschneiden, weil er erstens die größere und auch schwerere Kugel zwar nur einen halben Meter weit gestoßen hat, aber zweitens, eine höhere Einschlagstiefe vorweisen kann. Ich weiß, meine Damen und Herren zuhause, das ist ein bissel verwirrend, ich kenne mich da auch nicht so aus ... so, die Weitenrichter rechnen und diskutieren noch, da bleibt uns Zeit, etwas mehr über diesen oder jenen Sportler hier zu sagen, Moment, ich höre gerade, Jörg Kronsberger hat wieder einen seiner gefürchteten Tobsuchtsanfälle in der Kabine, er randaliert und etwas ganz seltenes, er schreit ein paar Worte ... ich verstehe so was wie ... „Ihr Verbrecher, ihr gehörts ja alle derschossen" ... und „gehts alle scheißen!" ... Ja, meine Damen und Herren, vielleicht hat der psychische Druck des Wettkampfes wie eine Therapie auf Kronsberger gewirkt, dass er sich endlich auch mit Worten Luft gemacht hat, ist ja schon etwas, wir wünschen ihm weiterhin viel Glück! Sehr verehrte Zuseher, ich höre gerade, dass wir alle nach Hause gehen können, weil die Weitenrichter unter diesen Umständen keine Lust mehr haben, weiterzuarbeiten und auch die Athleten waren sofort fürs Aufhören, sie hätten sowieso riesigen Durst und in der Nähe gäbe es ein gemütliches Gasthaus und sie würden Kronsberger auf eine Runde einladen, weil sie sich echt für ihn freuen, dass er was gesprochen hat. Hut ab, meine sehr verehrten Damen und Herren, vor dieser echten Kameradschaft, da könnten unsere Politiker von denen einiges lernen, bravo!"

Marathonlauf

„Da bin ich wieder, meine Damen und Herren, der Marathonlauf wird in Kürze gestartet. Die Startaufstellung wurde dahingehend modifiziert, dass Kinder und Greise diesmal aus der letzten Reihe in das Rennen gehen - endlich eine von allen sofort begrüßte Regelung, denn die Vergangenheit hat gezeigt, die langsameren Kinder und Greise sind in kürzester Zeit regelrecht überrannt, nieder gerannt worden. Und jetzt kann so was nicht mehr passieren, ja man überlegt sogar, Kindern und alten Leuten keine Starterlaubnis mehr zu geben, zum eigenen Schutz, wie verlautet wird. Seien wir ehrlich, meine Damen und Herren: was hat denn, um Gottes Willen, der 80 jährige Großvater bei einem Marathon verloren, oder das 2 jährige Enkerl? Genau: nämlich nichts. Also, der Vorjahressieger, der Äthiopier Karl Brettelebner zählt natürlich zu den heißesten Favoriten, der Kenianer Anton Grasshofer ist auch ein starker Läufer, weiters der Sudanese Stefan Kornpfandl, der Zweiter beim Faschingslauf in Herrmannschlag wurde, dann ist dabei, da hinten steht er und läuft sich warm - August Blendreitinger, der Kongolese, neben ihm sucht der Mexikaner Brunobald Kotzbacher verzweifelt seine Laufschuhe, die ihm im Trubel wahrscheinlich gestohlen wurden … aha, es scheint so, sehe ich gerade, der Rumäne Koifl er hat sie sich nur ausgeborgt und wird sie ihm nach dem Lauf wieder zurückgeben, na Gott sei Dank, sie sind nicht weg! Aber da erfolgt der Startschuss! Das heißt, es wird nicht mehr geschossen, sondern ein aufgeblasenes Papiersackerl hat die Startpistole ersetzt, das dann beim Start zwischen den Händen des Startrichters zerplatzt wird. Finde ich sehr gut, denn dass bei einem friedlichen Wettkampf herumgeschossen wird, finde ich äußerst problematisch. Sie sicher auch. So, das Feld ist gestartet. Da und dort gibt es bereits kleine Positionskämpfe, Geplänkel, wie es bei einem solchen Rennen immer vorkommt … eine Spitzengruppe von ungefähr 300 Läufern hat sich etwas abgesetzt … das bedeutet aber in dieser Phase des Rennens gar nichts, schon biegen Läufer ab, lösen sich vom Feld, um in das nächste Gasthaus zu laufen, auch solche Gruppen gibt es bei jedem Marathon. Also, meine sehr verehrten Zuseher, die Läufer sind nicht mehr zu sehen, ich würde sagen, packen wir ein, machen wir Schluss, weil so lange warten bis sie wieder hier im Ziel auftauchen, ist mir zu fad, sie werden das entschuldigen, ich gehe auf jeden Fall etwas trinken. Ich wünsche ihnen noch einen schönen Tag und Auf Wiedersehen."

100 Meter Lauf

„So, meine sehr verehrten Damen und Herren zuhause an den Fernsehschirmen hier aus dem Leichtathletikstadion, das wie immer , wenn es Gratiswurstsemmeln, so viel man essen kann und Freibier gibt, brechend gefüllt ist. Die Tradition hier, den Besuchern etwas Besonderes wie Gratiswurstsemmeln und Freibier zu bieten ist eine sehr alte und geht zurück auf eine Zeit, in der es nicht selbstverständlich war, dass die Menschen essen und trinken konnten so viel sie wollten, meine Damen und Herren, so wie heute. Da hat es noch gar keine Wurstsemmeln gegeben, meine sehr verehrten Damen und Herren. Bier hat es zwar schon gegeben, aber … ja, liebe Zuseher, eben sehe ich den Schweden Weblinger, wie er sich vorbereitet. Ob der blauäugige Schwede an seine Erfolge, die leider schon sehr weit zurückliegen, anknüpfen kann, wird äußerst schwierig werden. Ich glaubs zwar nicht, aber bitte … wollen wir es nicht verschreien. Auf Startbahn eins bereitet sich der Deutsche Harald Klobasser mit ein paar Aufwärmübungen vor. Klobasser meinte gestern erst, er werde das heutige Rennen schmeißen, hat er gesagt, im Fernsehen sei um diese Zeit ein guter Film, aber seine Frau hat ihn dann doch überreden können als sie zu ihm gesagt hat, na gut, wenn du zuhause bleibst, dann kannst du ja den Berg Geschirr abwaschen, der von der Riesenparty am Freitag übrig geblieben ist. Da hat Klobasser nicht lange überlegen brauchen. Neben ihm Norbert Grünzopf, der Italiener, der sich für heuer viel vorgenommen hat, und zwar, er werde bald seinen Garten zuhause ein bisschen verändern, er habe Lust auf ein paar Ribiselsträucher, wegen dem leckeren Ribiselkuchen, den ihm dann seine Mutter backen soll. Auf Bahn 3 wärmt der Weißrusse Willi Mückenschuster auf, der ein hervorragender Starter ist, die letzten 2 oder 3 Meter jedoch stark nachlässt und es ist nicht einmal vorgekommen, dass er bei einem Rennen so stark nachgelassen hat dass er, als er gesehen hat, er wird letzter, eine kesse Melodie pfeifend von der Bahn abgebogen ist und so getan hat, als ob er ein Tourist wäre und ist langsam aus dem Stadion hinaus geschlendert. Experten sehen ihn heute als wahrscheinlichen Sieger … kann ich mir zwar nicht vorstellen, also ich glaubs nicht, aber bitte, verschreien wir es nicht. Auf Bahn 4 wird Karl Spechtmetzeder, der Kenianer, ein drahtiges Bürschchen, starten, der sich auf jeden Fall heute einen Sieg zutraut … also, ich glaubs nicht, aber gut … dann ist da noch der Bulgare Rübinger und noch Franzi Schwarftl, der Äthiopier, an sich ein Langsamläufer, der aber gesagt hat, ich habe Lust bekommen, einmal schnell zu laufen, schaun wir einmal, vielleicht gewinne ich. Naja, das kann ich mir zwar nicht so ganz vorstellen, aber warum nicht, ich glaubs zwar nicht, aber bitte … noch 10 Minuten bis zum Start. Ein paar Läufer haben sich ins Gras gelegt und ausgestreckt, ich seh gerade, der Weißrusse liegt mit den Armen hinter dem Kopf verschränkt und gähnt herzhaft, scheint müde zu sein. Ah, jetzt ist er eingeschlafen … auch Klobasser hat schon die Augen zu, und dort, der Italiener hat den Picknickkorb aufgemacht und prostet dem Kenianer zu und sie essen - ich kanns von hier aus sehen, Eiaufstrichbrötchen und Schinken mit Käse. Jetzt steht keiner mehr, alle haben sich dazugesetzt und es ist eine Stimmung hier, einmalig! Die fünfte Flasche Chianti wird entkorkt und es ist ein Hallo und Mückenschuster hält jetzt eine Rede, so jung kommen wir nicht mehr zusammen, sagt er gerade und es ist eh alles wurscht, alle lachen, der Bulgare grölt bereits … jetzt geht er hinter den Laufrichtertisch und … und erleichtert sich, kommt auf allen Vieren wieder zurück … Da ermahnt der Laufrichter die Läufer, in 2 Minuten werde gestartet. Allgemeines Gejohle und der Weißrusse, der von den Anderen spontan als Sprecher ernannt worden ist sagt, dass in 2 Minuten sicher nicht gestartet werden wird, die Läufer pflichten ihm lallend bei, zwei schbeiben dem Laufrichter vor die Füße, lautes Schnarchen hebt an. Tja, meine sehr verehrten Damen und Herren, ich gehe jetzt in die Kantine und werde mir ein paar Wurstsemmeln zu Gemüte führen, solange noch welche da sind …"

Verschollen im Großen Wagen

(Wiener im Weltraum)

Ein Hörspiel

Käptn Brunzenbichler und seine Mannschaft suchen mit ihrem Raumschiff „Solarium" den Planeten der außerirdischen Rasse, die ihn einmal von der Erde entführt und zum Sex gezwungen hat. Er will die Verbrecher zur Rede stellen

Die Personen:

Käptn Brunzenbichler (Käptn)
1. Maschinist Karl Schoifzeneder (1. M)
2. Maschinist Franz Prostitsch (2. M)
3. Maschinist Josef Bärnschlager (3. M)
Koch Alois Hinterlechner (Koch)
Putzfrau Helga Lahmasch (Putzfrau)
Psi-Mutantin Yvonne Niederreitner (PM)

Szene 1

Im Maschinenraum des Raumschiffes spielen die Maschinisten Schwarzer Peter

1. M: Na, was für eine ziehst?

2. M: Die da . . . verflucht!

3. M: Aha, hast ihn zogn?

Der 2. Maschinist mischt lange seine Karten und hält sie dem 3.
Maschinisten hin

2. M: Da, zieh.

Der 3. Maschinist sagt einen Auszählreim auf, um die zu ziehende
Karte so zu bestimmen

3. M: Mei - Vo - da - hot - gsogt - die- soll - i - neh - ma
- Harrgottsack!!

2. M: Da bin i aber jetzt erleichtert.

1. M: Über was?

Sie werden durch eine Durchsage aus dem Lautsprecher unterbro-
chen

Käptn: Käptn an Alle! Sofort in die Zentrale zur Bespre-
chung!

Musik

Szene 2

In der Raumschiffzentrale

Käptn: Also, die Sache ist die: ich hab grad mit da Erdn,
mit unserem Bundespräsidenten gsprochen und er hat gsagt, je
eher wir diese außerirdische Rasse finden, die was verantwortlich
ist für die Entführung von Menschen die was dann von ihnen ge-

zwungen werden mit ihnen – äh – Sex zu haben, - diese Säue - also je eher wir diese Verbrecher finden, desto lieber ist es ihm - und mir natürlich a.

1. M: Die glaubn, die können machn was sie wolln, diese - diese -

2. M: Dass die Außerirdischen a solche Schweine san - des san Riesensäue!

Putzfrau: vielleicht ham die niemanden und sie sind gar nicht so - gehts bitte, mochts doch da ned imma an so an Dreck!

3. M: Wenn die niemanden ham, dann sollns halt wichsn wie normale Menschn a - wie war des eigentlich bei ihnen Käptn, wie - sie san doch auch von denen . . .

Käptn: Na ja . . . des war a Wahnsinn damals, i kann mi gut erinnern - wie wanns gestern gwesn wär - i komm grad vom Franz-Josefs-Bahnhof und wollt über Grinzing zum Jonasreindl, da aufeinmal, i bin grad aus der Fischerhüttn auße, da auf amal a Blitz, a Licht und die Außerirdischen san glandet, ham mi packt, eine ins Raumschiff und ab die Post. Ja und dann hams mir amal a Flüssigkeit zum Trinken gebn, es hat unsagbar fremdartig gschmeckt wie - wie - a Marillana - i war glei sternhagelvoll - i hab keine mir bekannte Sternenkonstellation wiedererkannt - und dann hams mi gfragt, in einer mir unsagbar fremdartigen Sprache, wer i bin und was i mach und so, also i hab gsagt wieso nehmts net den Petzner oder den Jürgen Drews, aber die Außerirdischen ham gmeint, i soll die Goschn haltn, sonst gibts was . . .

2. M: Wie schaun denn die Außerirdischen überhaupt aus, die mir suchen, ham die 3 Köpf oder 7 Händ oder was?

Käptn: Na ja, wie soll i sagn . . . so . . . so - so an Kopf, so auffe und hintn so . . . so gschlossn - eher wie a Ochsnzuber - so fiere obn.

PM: Und dann ham die Extraterrestischen sicher Psikräfte eingsetzt um sie gefügig zu machn?

Käptn: Also, i hab nix gspürt, daß vielleicht Psikräfte eingsetzt hättn oder so . . .

Der Koch betritt die Zentrale

Koch: Entschuidigns, oba des Essn warad fertig.

2. M: Wos gibtsn heit?

Koch: Heit gibts Schweinsbratn mit Erdäpflknödln und Krautsalat!

Käptn: Supa! Suppn gibts kane?

Koch: natürlich, a Schöberlsuppn.

Käptn: Also, kummts, gemma ume essn!

Musik

Szene 3

Der Käptn und die Maschinisten sind im Navigationsraum des Raumschiffes und bestimmen Position und Geschwindigkeit. Sie sehen dabei bei den Fenstern hinaus in den Weltraum. Geräusche, ab und zu Pfeifen von Maschinen

Käptn: Wo samma genau? Is des do vurn scho da Saturn?

1. M: Na, so schnell san ma doch net. Wenn mi net alles täuscht, kann des nur erst unser Mond sein. Aber glei kann i ihna des ganz genau sagn . . . wartns a bissl . . . ja, genau! Meine Berechnungen ergeben, des is der Mars. An Augnblick . . . wartns . . . i muss do nur den Regler obe drahn, sonst fetzts ma de zwa Dreisechzga obe und mir ham den Scherm auf . . .

2. M: Oba pass auf de Kraftverdichteransaugplattn auf, de hob i nur dawäu eineghängt! Käptn, soll i den Meiler hochfahrn? Da is ja a Schnecken schneller als wir.

Käptn: Ok, gehns auf halbe Lichtgeschwindigkeit dass ma weiterkommen.

3. M: Auf halbe Lichtgeschwindigkeit gehen!

2. M: Auf halbe Lichtgeschwindigkeit gegangen! Wenn er des nur aushoit, da Meiler . . .

1. M: Mia is schlecht . . .

2. M: Vom Magen?

3. M: Zviel gfressn wirst ham.

1. M: Käptn, darf i mir noch a Bier nehmen?

Käptn: Gut, nemmans.

2. M: I hätt lieber an Obstler . . . für die Verdauung.

Käptn: Na, dann genehmigen mia uns an Obstler, wanns sein muss . . . Koch, den Obstler und Glaserln!

Koch: Da, der Obstler und Glaserln, bitte sehr.

Alle trinken

Alle: Aah, guat! Des is guat.

Der 3. Maschinist schaut zufällig beim Fenster hinaus und erstarrt

3. M: Ja bist du deppert! Um ein Haar wärn mir dort in des schwarze Loch dort einegfalln . . . sechts es . . . dort drüben?

1. M: Wo? I siach nix . . .

2. M: A schwarzes Loch? Machts mi net schwach - wo?

3. M: Man sichts ganz undeutlich . . . sechts es jetzt? - Da! Da, habts es gsegn? Is scho vorbei . . .

Käptn: Jessas, a schwarzes Loch! Wenn ma da eine grauscht wärn, da schauat ma jetzt liab aus. Alle Mann auf ihre Postn! Schoifzeneder, Positionsbestimmung und gebn sie mir die Werte durch! Prostitsch, wann ma beim Uranus vorbei kumman, sogns mas. Koch, räumens den Obstler und die Glaserln weg und machens an Kaffee!

Musik

Szene 4

Die Psi-Mutantin und die Putzfrau sitzen beisammen und unterhalten sich

Putzfrau: Was da immer für a Dreck is, de lassn alles liegen und stehn immer . . . ja, die Männer . . . was sagn sie denn: san die Außerirdischen am End wirklich a so, wia da Käptn tut - mein Gott, i mechat denan net in die Händ falln!

PM: Warum net? Vielleicht sans gar net a so, vielleicht hams riesige . . . äh . . .

Putzfrau: Ohrn? - oda Händ?

PM: Nein, ich mein - Dings - wenn mas überhaupt findn, de Außerirdischen. Da Weltraum is ja so groß.

Putzfrau: San sie eigentlich verheiratet?

PM: I bin gschiedn. Mei Mann war a ein Psi-Mutant so wia i, aber des hat net funktioniert mit uns. Der war mehr Mutant als Psi. Jedes Mal, wenn i seine Gedanken lesen hab wolln, hab i suchen müssn, dass i überhaupt welche find und er hat meine net verstandn und so hamma uns eine Zeit lang zwar gut ergänzt, aber im Endeffekt wars net so toll...

Putzfrau: Und, hams Kinder?

PM: Ja, zwei Psycherln. San jetzt a scho groß. I hab mi dann gmeldet auf der Solarium - daß i wegkumm von daham, weil wie i vom Mars zruck bin - i war dort im Büro für . . .

Die Unterhaltung wird unterbrochen durch die Stimme des Käptns

Käptn: Psi-Mutantin Niederreitner dringend in die Zentrale kommen! Wiederhole: Psi-Mutantin Niederreitner dringend in die Zentrale kommen!

PM: Ja, Frau Lahmasch, i muß.

Putzfrau: Was is denn jetzt scho wieda!

Musik

Szene 5

In der Raumschiffzentrale

Käptn: Frau Niederreitner, wir sind soeben hinter der Dunkelwolke D22/1 dort vorne hervor und treten in ein fremdes Sternensystem ein. Empfangen sie irgendwelche Psi-Schwingungen uns fremder Mächte?

PM: Hm . . . ich muß mich konzentrieren - nein - i spür nix - kein fremdartiges Psifeld - Karl! Du Sau! - Entschuidigns Käptn, aber der Karl hat grad gedacht, dass . . .

1. M: Is ja gar net wahr . . .

2. M: Käptn, i hab a Materieortung auf zwakommavier von ana molekulosen Strukturabnormalie, es könnte sich um eine ioniuminöse Gasveransammlung handeln!

Käptn: Des is wahrscheinlich da Schwaf von an Kometn.

3. M: Käptn, sie ham noch immer nicht erzählt wie es war damals, als sie, äh - wie die Fremden sie . . .

Käptn: Aso, des manan sie . . . wie gsagt, i war sternhagelvoll und des Letzte, an des i mi no erinnern kann, war, wie der Ane von die Außerirdischen mir in einer mir unsagbar fremdartigen Sprache gsagt hat, i soll mi ausziagn . . . untn . . . und dann wars aus - Filmriss! Aufgwacht bin i wieda mit an mordstrumm Kater in der Hinterbrühl.

PM: I muss sie leider unterbrechen, aber ich orte ein unsagbar fremdes Psifeld - genau vor uns!

Käptn: Was sagns, a Psifeld? Herr Prostitsch, sofort den Anti-Psi-Schirm auf vier komma zwa! Herr Bärnschlager, Schutzhaftung auf 6,333 periodisch und in den Geistesblitzumformer stärkere Sicherungen einschrauben!

PM: Käptn, das Psifeld hat sich aufglöst - die Störung hat sich als Neurotraumatinisches Löschungsfeldes eines abnormalen Durstgefühls des anwesenden Herrn Bärnschlagers entpuppt . . .

1. M: Ja das stimmt, i hab auf einmal einen unsagbar argen Durscht kriegt . . . vorhin

Käptn: Herr Bärnschlager, gehns zum Koch und lassen sie sich was gegen ihren Durst geben und bringens uns auch was mit.

Musik

Szene 6

Der Käptn und die Maschinisten schauen gelangweilt beim Fenster hinaus in den Weltraum

1. M: Urfad da draußn - schauts, durt ganz weit hintn - durt, sechtses?

2. M: Wo? I siach nix - wart! - manst du da, da hintn bei de zw klanan Stern, die was so . . .

3. M: Hobts ihr des gsegn?!

Käptn: *mehr zu sich*: Na warts, ihr Falottn da draußn, dann kennts eich anschaun . . .

1. M: Jetztn is weg.

3. M: Des wos i gsegn hob is a weg. Komisch . . . I hob ma eibüd, wos gsegn zu haum.

2. M: Wos?

1. M: Da! Da is es wieda! - Sechts des net? Da bei die zwa Stern da vorn!

Käptn: Hörns, da san ja Milliardn Stern - welch zwa manans denn?

1. M: Vielleich hab i mir des nur einbüd. Es hat ausgschaut wia - wia - i glaub, do hob i mi täuscht.

Käptn: Jetzt hob is oba a gsegn! Manan Sie de Stern da bei die, die wos wia a Dreieck mit an Kreis der was so komisch . . .

140

1. M: Wo? - Na die man i net. Segns da bei dem Nebl vorn is a Ansammlung heller Stern und wenns jetztn auffe schräg links schaun, dann is so a Schleier, so länglich ...

Käptn: Ah, jetzt siach i, was sie manan! Den Schleier ...

1. M: Und obn, da! Da is ... nix! Weg.

Käptn: Jetzt hob i den Schleier verlorn ...

2. M: Wissts was? I glaub, mir wern no ganz deppert, wenn ma do außeschaun.

3. M: Ja ja, der Wödraum! Sollt ma net den Perry Rhodan verständign, daß se er kümmert um die Außerirdischen, der hätt de sofort!

Käptn: Na, der Präsident hat eh versucht ihn anzrufn, oba der is grad im Krankenstand - hot er gsogt, auf jedn Fall - soviel i waß, er hat sich angeblich in aner anderen Galaxis - i hab vergessn in welcher - den Knöchl verstaucht, wie er mitn Gucky, dem Mausbiber die Nowalginer von der Herrschaft der Orkolonen befreit hat

3. M: A so! Do hätt ma uns einiges erspart nämlich - aber was solls!

Käptn: Sodawassa! Jetztn müss ma aufpassn, wäu jetzt kumma in des fremde Sonnansystem eine. Bärnschlager, könnans uns scho sagn, ob a bewohnbarer Planet dabei is? Wäu vielleicht ham sie se do versteckt.

3. M: Alsdann: die Sonne is ein Spektraltyp K 4, es san 8 Planeten da, oba kana der was erdeähnlich is. I tat sogn, fliagn ma

weiter.

PM: I kann a kane Psi-Schwingungen spürn, obwohl - da is irgendwas . . . i spür was . . . im Kopf, so a Ziehn, na, i glaub, des is nur a ganz normales Kopfweh, sicher von der Sauferei gestern.

1. M: Vorsicht, meine Anzeigen zeign an, daß der zweite Meiler zhass wird! Wir sollten des Luknfenster im Reaktorraum a Zeit lang aufmochn, daß die Hitz auße kann, wäu wann der in Oasch geht, nau daun pfiat di! Da könnma auf dem Planetn da untn übernochtn...

Käptn: Ja gut. Bärnschlager, gengans obe und lüftns die Luken 1 bis 4, sagn ma so 10 Minutn, des müsst reichn. Sonst hamma wieder alles voll mit Meteorstaub. Die Putzfrau is eh, glaub i, untn, die soll glei dann zsammkehrn.

PM: Aber sans freundlich zu ihr, die is grad gladn alswia! I spür a Zornfeld, a Wutschwingung, a hochenergetische von ihr, bist du gscheit! Sicher habts wieder alles liegn und stehn glassn untn. Nehmts wenigstens die Glaseln immer mit, dann fehlns da oben jedesmal.

2. M: Apropos, i tät gern amal in den Laderaum umeschaun, mi interessiert, wieviel Doppler Weiss no do san.

1.M: Brauchst net, hab scho neulich gschaut. Es san genau 673 - na, warts, 670 sans, weil gestern warns 673...

2.M: Was? Nur mehr 670? - Hoffentlich geht se des aus!

Musik

Szene 7

Die drei Maschinisten sitzen beisammen und schnapsen. Die Putz-
frau und die Psi-Mutantin sitzen dabei. Die Putzfrau öffnet einen
weiteren Doppler Weiss

2. M: Wer gibt?

1. M: Der der blöd fragt.

2. M: Dann gib i

Er gibt

3. M: Karo! Weiter.

2. M: Karli, wannst nix dagegen hast, spritz i.

1. M: Nur zu. Aber von mir kannst nix erwartn

3. M: Na, wissts was? I spiel an Gang!

Die Putzfrau sieht in seine Karten

Putzfrau: Des is aber a kurzer Gang

PM: Das hab i schon beim Geben gspürt, daß des in die
Hosn geht.

Plötzlich ein Pfeifen und Britzeln

1. M: Des is die Strahlenwellenortung! Vielleicht a Funkspruch. Wer wü wos von uns?

2. M: So wies ausschaut is des tatsächlich so a Art Funkspruch, aber komisch - ganz seltsam . . .

PM: I spür a was - eine unsagbar fremdartige Lebensform will Kontakt aufnehmen!

Käptn: Was? A unsagbar fremdartige Lebensform? Des sans! Na warts! Es - es fremdn Arschlöcher! Bärnschlager, schaltns den Übersetzer ein, daß ma was verstengan!

3. M: Sprachübersetzungsmodul aktiviert! Translation beginnt!

Aus dem Lautsprecher verwandelt sich das Pfeifen und Britzeln in eine automatenhaft wienerisch sprechende Stimme

Stimme: Sperrts die Ohrwascheln auf, wiederhole, sperrts die Ohrwascheln auf! Es seids in unser Hohheitsgebiet eindrungen und wenns net sofort umdrahts, dann krachts in der Hüttn! Kommen!

Käptn: Hier die Solarium von der Erde, Käptn Brunzenbichler! Erstns amal: sie brauchn ihna gar net so aufbudeln, ja, und außerdem, wer sans überhaupt?

Stimme: Sie sprechen mit Urfbiksuba Lofftugwabxu, dem Oberratspräsidiumsgeneral des Volkes der Truttusier vom Planeten Grombguy. Wohin seids denn unterwegs? Tschuidigns scho, oba des kummt ned so oft fua, daß se a fremdes Raumschiff do zu uns verirrt.

Käptn: Na, is scho guat, oba mir suchn a außerirdische Rass, die was von uns - mir san die Menschen - immer wieder welche entführt ham und zum . . . zum - äh - Sex zwungen ham, die

Säue! Entschuidigns bitte, wir wolln sie net beleidign, oba ghörn sie vielleicht zu denan? Wäu dann . . .

1.M: Käptn, frogn ses amal, obs auf a Glaserl Wein auffakumma wolln!

2.M: Wir könntn an Schnapser mitanander mochn!

3.M: Gehns Frau Lahmasch, könntns de Glasln schnö owoschn, daß, wenns kommen.

Putzfrau: Mein Gott, jetzt kommen die und da schauts aus!

3.M: Es reicht, wenns die Glasln owoschn. Wegn denan wern mia vielleicht putzn aufaunga.

Stimme: Bitte mochts euch kane Umständ, i kann eh net zu eich auffekumma, weil die Staatsgeschäfte, ihr versteht. I kann sie beruhigen Herr Brunzenbichler, wir san nicht die, die sie manan, sowas machma net, so was Schweinisches. Aber wir kennan die, die san, glaub i, vom Grossn Wagn oder von der Gegend dort. Die Gfrasta ham a welche von uns . . . äh . . . eh scho wissen. Wir hams a scho ewig gsuacht.

Käptn: Und? Habtses gfundn, de Hundsviecha?

Stimme: Leider, nein. Aba wir wissen wies ausschaun. Die san groß, net sehr, aber kla sans a net, dann hams a so an Kopf, so wie soll i sogn, so hintn auffe . . . so gschlossn hintn, wissns?

Käptn: Genau! Des sans! Wir danken ihnen, sehr verehrter Generalpräsidiumsoberrat, oba jetzt müssma wieder weiter. Machtses guat und wiederschaun!

Stimme: Ja, ebenfalls, pfüat euch!

Käptn: Also! Neuer Kurs null null komma null zwo zwo. Maschinist Bärenschlager, fahrns die Meiler hoch, auch wenns raucht! Auf zum Großen Wagen!

Musik

Szene 8

Der Käptn und die drei Maschinisten verrichten Routinearbeit an den Kontrollen, die Putzfrau putzt die Fenster und die Psi-Mutantin schaut in die Luft

1. M: Käptn, wir nähern uns dem Großen Wagen! Entfernung in etwa so um drei sieben vier komma acht zwo neun. Wir befinden uns im Anflug auf ein fremdes Planetensystem!

Käpt: Jetzt geht's los! Diese außerirdischen Menschenschänder können jetzt einpackn und zusperrn - Frau Niederreitner, empfangen sie schon Psi-schwingungen oder so?

PM: Eigentlich nicht - es scheint kein intelligentes Leben in diesem System zu geben - nur ein paar niedere Lebensformen auf dem 4. Planeten.

Putzfrau: Gell, des is glei a andere Sicht auße, wenn die Fenster putzt san?

1.M: Frau Lahmasch, sie san a Schatz, i hab gar net gwußt daß mir Fenster ham, so dreckig warns.

2.M: Käptn, i würd vorschlagn, fliagn ma weiter zum nächstn Stern.

Käptn: Ja, wenn die . . . diese Hundsviecha net da zum derwischn sind - meine Herrn, bitte Kurs auf das nächste Sonnensystem!

3. M: Frau Lahmasch, würden sie bitte Doppler Nr. 416 aus dem Laderaumregal 4 bringen und der Ausschenkung zuführen? Und die Glaseln net vergessn. Öffner is da.

Putzfrau: Bin scho weg.

Käptn: So, i wird jetztn amal mit unserm Präsidentn auf da Erdn redn versuchn und ihm sogn, daß es net so einfoch is und daß a bissl länger dauern könnt, bis mir die Gfrasta ham. Schoifzeneder, versuchns mit unserm Hyperwellentelefon a Verbindung mit da Erdn zkriegn.

1.M: Jawoll, wartns - aha - na, was is denn des - ah, jetzt! Käptn, Hyperwellentelefonverbindung steht, sie kennan redn!

Käptn: Herr Präsident?! Hörns mi? - Ja? Hier Käptn Brunzenbichler von der Solarium! Schönen guten Tag - oder is bei euch grad Nacht? Egal, Herr Bundespräsident, melde, daß die Suche nach den Außerirdischen, die was für die Entführungen verantwortlich sind, bisher ergebnislos verlaufen ist, aber mit allen uns zur Verfügung stehenden Kräften bis zum sicheren Erfolg . . .

Präsident: Ja, ja, is scho gut, Käptn Brunzenbichler, erst einmal möchte ich sie und ihre Mannschaft auf das herzlichste aus der Heimat begrüßen und ihnen versichern, daß die gesamte Erdbevölkerung mit größter Anteilnahme ihre Bemühungen verfolgt, fern des heimatlichen Erdballes, in den unergründlichen Tiefen des Weltenraumes . . .

2. M: Unser Präsident, den hättns entführn solln . . .

3. M: Die Außerirdischn san jo a net deppert - glaubst, die wolln so an Altn?

1. M: Psst! Da Präsident kummt jetzt zum Wesentlichen!

Präsident: . . . diese außerirdische, diese unsagbar fremdartige Lebensform, welche an einigen von uns Taten begangen hat, die nur auszusprechen mir die Worte vor Scham verstummen lassen, zu finden, und, zur gebietenden Verantwortung zu ziehen. Lieber Herr Käptn Brunzenbichler, ich weiß, daß sie, vor allem als selbst Betroffener - der die ganze Schmach an eigenem Leibe selbst erdulden mußte – uns nicht im entferntesten enttäuschen werden. Nun, lieber Käptn, wo sinds denn grad und wie gehts euch so? Habts alles?

Käptn: Bitte erinnerns mi net an die - diesen furchtbaren Vorfal! Mir tut noch heit alles weh - hintn - aber soweit gehts uns alle gut, die Solarium geht bis jetzt wie a Glöckerl und wir alle freuen uns natürlich, wenn mir wieder ham kommen. Aber zerscht müss ma diese - diese Schweine - entschuidigns scho, derwischn, weil de solln net glauben, daß sie so billig davonkommen.

Präsident: Recht so, des hör i gern. Alsdann, dann wünsch i ihna und euch allen eine erfolgreiche Reise und daß ses ja derwischts, ja?

1. M: Tschuidigns Herr Präsident, daß i mi meld, aber i hätt a wichtige Frage: warum san nur 800 Doppler Weiss statt die von mir georderte Menge von 1000 vor dem Start ins Schiff gelie-

148

fert worden?

2. M: Ja, des selbe wollt i a grad eben anschneidn . . .

3. M: Na, es is nämlich so, Herr Präsident; i glaub daß es beim Billa zu einem Eintragungsfehler auf der Ladeliste kommen is, weil Brokkoli is um einiges zviel eingladn wordn, auf den is da bei uns kana haß, wissns?

Käptn: Bärenschlager, i glaub des wird in Präsidentn am Arsch vorbeigehn, tschuldigns Herr Präsident wann i des so sag.

Präsident: Na na, lassns ihn nur, ein Fehler is a Fehler und wir werdn dem nochgehn. Alsdann Leutln, pfüat eich Gott und nuamoi ollas Guate!

Der Käptn und die Besatzung verabschieden sich

Musik

Szene 9

Die Besatzungsmitglieder des Raumschiffes sitzen in der Zentrale

2. M: Wie schauts aus? Tuat se wos? Do weama jo oid! Pepi, wann san ma denn beim nächstn Stern?

3. M: Wart - an Augnblick, . . . in 5 Jahr, wenn die Anzeige stimmt . . .

1. M: Na, Burschn, so geht des net! Wos haßt in 5 Jahr!

Käptn: Wos? In 5 Jahr? Do muß a Fehler sein - des gibts jo net! Do san ma jo alt und stinkert! Na, des müssn 5 Stunden sein - Bärenschlager, machns an Systemcheck, des muß a Fehlanzeige sein!

1. M: 5 Jahr! Des wär a Katastrofn! Kan Wein mehr, oba Brokkoli . . .

2. M: Verzeihung, i hob mi geirrt, es san natürlich 5 Stundn, net 5 Jahr.

Putzfrau: I hob scho glaubt des gibts net. Herr Josef, se wärn schuid gwesn wanns mi jetzt herdraht hätt vor lauter - so a Schock! 5 Jahr! Mochns des nimmer, i bitt sie . . .

3. M: Gengans Frau Helga, cool bleibn sog i immer.

Käptn: I versuch amal, doch den Perry Rhodan anzrufn. Wir suchn jetzt scho was weiß i wie lang, vielleicht kann der uns helfn - oder uns a paar Tips gebn - ah, da - was? Ja? Herr Perry Rhodan? Sans sies? Ja grüaß Gott sche, da is die Solarium, Käptn Brunzenbichler! Hörns mi?

Perry Rhodan: Jo gibts denn des, da Brunznbichla! Do schau i oba. I versteh sie a bissl schlecht, mir san do grod in an Magnetstrudl drinnan - wos gibt's denn?

Käptn: Ja es is so, i man, i wü ihna net auf die Nervn gehen, oba mir ham da a Problem: mir san nämlich auf der Suche nach einer gewissen außerirdischen Rasse, die wos - sie ham ja sicher scho davon ghört - die was Menschn entführt hot, auf ihren Heimatplanetn bracht hat, um . . . und sie zum . . . äh, zum Sex mit eahna zwungen hat, und wie wir scho von aner anderen extraterrestrischen Lebensform erfahrn ham, a von denen welche . . .

PR: Wos!? De suchts? Sie wern lachn, de kenn i eh, des san ganz Odrahde ! Ja, de, de san bekannt in da ganzn Galaxis. Wann sie die söbn manan die i man . . . i werds amal kurz beschreibn, de san ziemlich groß, kla sans net und haben so - so an Kopf, wie soll i sogn - so hintn auffe, obn und hintn irgendwie - so gschlossn!

Käptn: Ja, ja, des sans! Des sans! Und de such ma jetzt, hams oba bis jetzt nu net gfundn und do hätt i jetzt a ganz a große Bitte . . .

PR: Schauns, Herr Brunzenbichler, i bin jo im Moment ganz woanders, mir san auf ana Mission in der Galaxis X24B und da gehts drunter und drüber! I kann ihna wirklich net helfn. I tat an ihnara Stell des ganze abblasn, wäu soviel mir bekannt is, san die net zum packn, des san ganz grindige, ganz abdrahte Gfrieser! Sogar erst vor a paar Tag hamma vom Volk der Kungulusen in der Galaxis da ghört daß a a paar von ihnen entführt und zum - zum eh scho wissen, zwungen ham! Na, i glaub des könnts vergessn, de beherrschn angeblich sogar die Zeitreise, verstengans? Die gengan in die Vergangenheit und holn si dort die Opfer, wer waß, vielleicht sans grad in der Vergangenheit bei ihna daham auf da Erdn und - und - tan ihna - und sie wissen es gar net! Oder in der Zukunft! Stellns ihna vor, de san, sagma grad in 10 Jahrn bei, sagma amal, bei ihna und sie werdn grad von denen - und sie wissns jetzt no gar ned. I waß, des is kompliziert, mit die Zeitreisn . . .

Käptn: Mochns mi bitte ned schwoch, Herr Rhodan, des san ja Aussichtn - schad, daß uns ned helfn können, kann ma halt nix machen, mir wern ein für ollemoi diesen Saubeidln des Handwerk legn. Alsdann, Herr Rhodan, grüßns ma den Gucky recht schön und a die ganzn Mutantn, ja? Pfüat ihna und over!

PR: Ja, euch a alles Guade, leider gehts vo mir her net,

glaums mas, i tat selber gern diese - diese Sauschädln ausradiern. I man, stellen ... i hör grad, de Raumschlocht mit de Triloniern dürft grad anfangen! Also, dann, bleibts gsund und over.

PM: Käptn, i waß net, aber i hab mit meiner Lügenschwingungsortung eine versteckte Unwahrheitsperiodizität herausgespürt, wie wenn er gar net haß drauf wär, uns zu helfen.

Putzfrau: Tuat mia leid, Frau Niederreitner, dazu hab i ka Psifeld oder wos, braucht, daß i gmerkt hab, der is froh daß er nix zutun ham will mit dem Schas!

1. M: Wie i des siech, hat si der gschrauft. Typisch!

2. M: Raumschlocht ... daß i net lach!

3. M: Leitln, egal. Wenn da Käptn nix dagegn hat, wär i dafür, daß ma uns a bissl tummln und schaun, daß ma mit dera Suche weitermachn, sonst schlof i ein.

Käptn: Des tät i a vorschlagn, sunst derwisch ma die Gfrasta nie. Schoifzeneder, fahrns olle Meiler am Anschlag, daß tuscht!

1.M: Käptn, Meiler bis zum Anschlog hochgfahrn!

Musik

Szene 10

Alle sind in der Raumschiffzentrale versammelt

Käptn: Gehns, Bärnschlager, in wos fia an Raumsektor san

ma denn eigentlich? I hab so des Gfühl daß mir überhaupt nimma im Großn Wogn san . . .

3. M: Oja, schon. Mir san no imma im Großn Wagen, nur kummt an des so vor, wie wann ma nimma drin waradn, wäu der von innen ganz anders ausschaut ois von außn. Oba genau wo ma san, kann i im Moment net sagn - tschuidigns scho - wartns, die Hypertaster spinnan a bißl seit gestern . . . aha? . . . des gibts ja net! De Anzeign zeign ganz was anderes an als sie anzeign solltn! Käptn, leider kann i a genaue Positionsbestimmung gar net machen - Scheiße - jetzt spinnt de Anzeige komplett - nach derer san mir scho amal dagwesn . . . komisch.

1. M: Fliagn ma im Kreis? Des is meiner Meinung leicht möglich, wäu die Stern schaun ja praktisch alle gleich aus, aber als wesentlicheres Problem seh i im schneller schwindendem Dopplerbestand wann ma länger als geplant da umanander fliagn. Des haßt, Suche abbrechn, schaun daß ma schnell hamkumman, wäu dann gehen se de Doppler a aus.

3. M: Oba do gibts noch a Problem, Käptn. I könnt mit de hinichn Anzeigen a kan Kurs zur Erdn bestimmen, so schauts nämlich aus . . .

PM: Was?? Mir können net zruck? Mir haben uns verflogn, verirrt? Mei Psifeld bricht glei zamm!

1. M: I siach scho, die Doppler . . .

Putzfrau: Na gute Nocht! Verschollen im Bermudadreieck is a Schas dagegn!

Käptn: Des is natürlich a schwerer Schlog! Des haut uns um Lichtjahre zruck! Repariern können mir des Graffl ja a net selber, sonst vafoit die Garantie, den Schas hamma ja beim Saturn kauft - i ruf den Präsidentn an! Der soll uns da ausselaviern.Oder Perry Rhodan - na den ned, der soll se brausn gehn.

Der Käptn versucht vergeblich, den Präsidenten auf der Erde an-zurufen. Alle reden aufgeregt durcheinander

Musik

Szene 11

Die Zeit vergeht und dann kommte der Tag! Die Putzfrau hat Ge-burtstag und deshalb ist in der Raumschiffzentrale der Tisch fest-lich gedeckt. Die Jubilarin tritt ein und alle beginnen zu singen. Dann serviert der Koch das Festmenü

Alle: Hoch soll sie leben, hoch soll sie leben! Drei mal hoch! Prost!

Putzfrau: Aber gehts - ihr seids ja narrisch! Solche Um-ständ machen wegn mir . . .

PM: Nein, nein, Frau Helga, sie sind a wichtiges Mitglied auf diesem Raumschiff, denn wenn sie ned wärn, schauats aus, fra-ge nicht.

Käptn: Na na, i räum immer meine Sachn . . .

1. M: I lass a nie was liegn. Neulich hab i selber versucht, den . . .

3. M: Wer hat denn letztes Jahr abgwaschn? Na? Des war i!

2. M: Bitte so is ned, ja? Frau Yvonne, gestern erst, hab i das Häusl putzn wolln, aber da is mir . . .

Putzfrau: Ihr seids mir vielleicht welche - i sag eh nix, i putz ja gern. Des wissts ihr alle ned - aber i hab alle Putzscheine gmacht, sogar den C-Schein!

Alle durcheinander: Was?! Den C-Schein? Der berechtigt sie ja zum Putzen von Räumen über 60 Quadretmeter! . . .

PM: Ja, da sehts es, was wir für eine Fachkraft da ham.

1. M: Da schau i aber . . .

2. M: Alle Achtung!

3. M: Bitte kömma endlich essn? Herr Koch, was hams denn Gutes gmacht?

Koch: Oiso: Als Suppe gibts a Brokkolicremsuppe, garniert mit schaumierter Brotrinde. Als Hauptgang, ausgelöster, geschmorter Brokkolistamm an seinem Brotteigsud und als Dessert hab i gmacht - und drauf bin i ganz stolz - gegupfte Brokkoliknöderln in ihrem Kochwasser schwimmend. Na, jetzt sagts nix mehr.

Alle murren

Putzfrau: I hab Brokkoli gern - natürlich ned immer . . .
Käptn: Zum trinkn gibts nix? - Frau Niederreitner, sie schaun so betropetzt, was hams denn?

PM: Ich weiß nicht . . . mir is so komisch . . . wie soll i sagen - so - wie wenn wir in an Psi-Strudel hinein . . .

1. M: Gottseidank, ka Brokkolistrudl!

Putzfrau: Bitte ned scho wieder an mein Geburtstag irgendwelche Störungen!

3. M: Entschuldigns Käptn, aber schauns amal auße beim Fenster! Zufällig hab i rausgschaut, da seh i des komische Ding dort . . . sehns sies?

Käptn: Ah! I sehs . . . was kann des sein?! Des schaut aus wie . . . wie . . .

1. M: Käptn, i hab auf dem Bewegungsmelder 3 a Ortung! Ganz komische Werte - nach denen stehn wir, beziehungsweise, der Weltraum bewegt se . . .

2. M: Käptn! Hauptantrieb ausgefallen! Da zapft uns wer die Energie ab! Nur die Keffeemaschin und der Eiskastn gehn noch!

Putzfrau: I habs gwusst! Immer is irgendwas auf mein Geburtstag! Letztes Jahr, hats gschütt aufm Mars - obwohls dort praktisch nie regnet!

Käptn: Achtung! Alle Mann auf ihre Posten! Herr Prostitsch, schauns dazu, dass der Antrieb wieder funktioniert, sonst san mir gstraft!

2. M: Aye Aye, Käptn!

PM: *wie in Trance* . . . Die Galaktischen 3! . . . Sie . . . sie haben uns . . . in ihrer Gewalt! . . .

Putzfrau: Sie hat Fieber, die Arme!

1. M: Jetzt spinnts komplett!

3. M: Des san die Brokkoli - i schwörs!

2. M: Käptn, der Antrieb geht no immer ned, obwohl i grad die Kaffeemaschin umbaut hab - so, die Schraufn no eine - in an Atomzünder! I versuch zu starten, - wartens - na! Es rührt sich nix!

Käptn: Kann ma nix machn . . . ah, i glaub, die Niederreitner hat den nächsten Fieberschub! . . .

PM: *in Trance* Gohot Vata Slaz . . . von den Galaktischen 3 . . . duldet keinen Widerstand . . . jeden, der sich ihm widersetzt, wirft er in . . . das Zeitverlies auf Lurowar! . . . Wir sind seine Sklaven - Gohot Vataa Slaz - der Große Eine der Galaktischen 3 . . . er wird persönlich hervortreten . . .

Putzfrau: Was?! Der will uns alle vernaschen, dieser - dieser Perversling?

Koch: Soll i ihm die Brokkolisuppn warmmachen? Vielleicht hat er an Hunger . . .

Käptn: Leutln, wir müssn uns zsammreißn und schaun, wie ma aus dem Schlamassl raus kommen!

PM: *wieder sie selber* Was? Des war a komischer Trip . . .

Käptn: Frau Niederreitner, sie warn ganz weggetreten vorhin und habn was gredt von sogenannten „Galaktischen 3", oder was - und dass der - wie hams gsagt, der „Gohot Vata Slaz", oder so, dass der uns zu seine Sklaven macht! Hams was näheres rausgfundn? ...

Putzfrau: *unterbricht* San des die, die was uns ... uns entführn werdn und uns zum - zum Sex zwingen wolln?

PM: Kann i ned sagn - Herr Koch, könnt i an Kaffee haben? I bin so austrocknet ...

2. M: Leider geht des ned - die Kaffeemaschin is jetzt der Starter für die Raketn.

Käptn: Also erzähls! Wer san die Galaktischn 3, san des die, die wir suchn? Und von wo kommen die?

PM: Alsdann: Die Galaktischen 3 sind die Herrscher über den sogenannten „Zeitgeist", der alles weiß, aber seit 3 Millionen Jahren gefangen gehalten wird, von den „Inzestoren" in der Dunkelwolke C33-99ZHL, die auch die „Umkleidekabine" genannt wird ...

Käptn: A wüde Gschicht ...

Putzfrau: I putz eana ned!

PM: Was ist jetzt mit an Kaffee?

2. M: Gleich ... die Schraufn da, noch weg ... geht schon!

3. M: Käptn, die Strukturtaster orten eine sich personifizierende Materieverdickung hier in der Zentrale! Shit! Die wird sich in 4 komma 6 Sekunden verstofflichen!

Käptn: Des wird der sein, von de Galaktischen 3! Wir wern

ihm ned glei mitn Arsch ins Gsicht fahrn, aber er darf ned glaubn, er kann mit uns machn was er will!

Plötzlich ein Donnerschlag mit elektrischen Entladungen und Gohot Vata Slaz von den Galaktischen 3 materialisiert in der Raumschiffzentrale

Putzfrau: Jessasmaria, wie schaut denn der aus! I tät mi versteckn, an seiner Stell!

Gohot Vata Slaz: Schweig, Metze! Sonst werd i ungemütlich! *zu den anderen* Wer hat hier das Sagen? Der solle augenblicklich vortreten!

Käptn: Wer san sie? Sans wahnsinnig wordn?!

GVS: Zurückgebliebener, du wagst es, so mit dem großen Gohot Vata Slaz zu reden?! Bist du toll geworden?

Käptn: So, jetzt reichts! Jetzt red ma Fraktur. Was wollns überhaupt von uns? Wir san friedliche Menschen, die was se verflogn ham, Die Doppler san bald weg und zum Fressn gibts nur mehr Brokkoli, verstehns?

GVS: Unsäglicher, was stammelt er da daher? Ihr seid des Todes, wenn ihr Manderln machts und mir nicht gehorchts! Ihr kommt unverzüglich in das Zeitgefängnis nach Lurowar, dort könnt ihr in den Bleiminen euer Ende herbei sehnen!

Putzfrau: Zum Sex aber lass i mi ned zwingen! . . . I könnt bei ihnen im Palast - putzn? Was sagns dazu?

1. M: Ich könnt auch, zum Bleispiel, ihre Palastmaschinerie in Schuß haltn - was sagns?

2. M: Und ich könnt ihre Kaffeemaschinen umbaun - zum Beispiel in Geschirrspüler - oder in Toaster?

Koch: Ja, des wär super, weil wenn i für euch kochen tät, brauchert i ned selber abwaschn . . .

3. M: Und i pass wie ein Haftlmacher auf, dass sie ned gstürzt werdn, weil sie ham sicher viele Feinde, so wie sie san!

PM: *dazwischen fahrend* Was is denn in euch gfahrn?! Merkts ihr denn ned, wie ihr von dem Weißhaarigen manipuliert werds? I spür ein starkes - Psi-Kontrollfeld, das uns gefügig machen will . . .

Putzfrau: *zu GVS* Aber ans sag i ihnen! Zum Sex lass i mi ned zwingen und wenns an Handstand machn vor mir! Und gefügig lass i mi schon gar ned machn, merkns ihna des!

Käptn: Leutln, es reicht! Wachts auf! Uns muss was einfalln, sonst is aus und wir werdn die Erdn nie mehr sehn!

GVS: Schluss jetzt, Zurückgebliebene! Ihr kommt jetzt und sofort in die Bleiminen, dort werdet ihr Bleistifte machen, bis ihr schwarz werdet!

Er drückt einen roten Knopf an seinem Gürtel. Die Raumschiffbesatzung wird ohnmächtig. Als alle wieder zu sich kommen, sind sie in den Bleiminen auf Lurowar. Ein Aufseher stürzt sogleich herbei und schlägt sie mit der Atompeitsche

Aufseher: I salz euch wie die Hund, ihr Falottn, es Irdische! Die nächstn 20 Stunden werdn Bleistifte gmacht! Nachher dürfts 10 Minuten schlafn, dann werdn wieder Bleistift gmacht, kapiert?

Er schlägt sie wieder. Sie werden zu einer großen, lauten Maschine hin gestoßen. Sie machen Bleistifte

Putzfrau: Schauts mi an! Da wird ma ja ganz dreckert! - Und Bleistifte machn - ham die kane Kugelschreiber?

PM: Nur Mut, Frau Lamasch, wir werdn von da schon wieder weg kommen, da bin ich sicher. Unser Käptn wird uns schon rausreißn!

Käptn: Hörts mir amal zu: mir is aufgfalln, dass dort des Wagerl, das die fertigen Bleistifte abholt, untn bei die Radln a so a Öffnung hat, wo man sich verstecken könnt . . .

1. M: Käptn, die Idee is gar ned so blöd . . . des Wagerl kommt alle halbe Stund und Platz wär für zwei.

2. M: Nur wiss ma ned, wohin des Wagerl fahrt - außerdem frag i mi, zu was die so viel Bleistifte brauchn . . .

Käptn: Die ham halt viel zu schreibn . . . höchstwahrscheinlich gibts auch Radiererminen auf Lurowar, wer weiß - aber des mit de Wagerln - des mach ma! Bärnschlager, sie nehmen mit der Frau Lahmasch das erste Wagerl - wir kommen dann nach!

Musik

Szene 12

Die Mannschaft befindet sich in einer vollautomanischen Bleistift-

sortierhalle. Aufseher sind keine zu sehen

Käptn: Wahrscheinlich suchns uns schon. Frau Niederreitner, orten sie schon Psi-Schwingungen von etwaigen Verfolgern?

PM: *konzentriert* Nein - bis jetzt nicht. Aber was mir aufgfalln ist, ist, dass die Aufseher alle keine Psi-Felder abgstrahlt habn - wie wenn sie gar nicht leben würden . . . komisch!

2. M: vielleicht sans Roboter - aber Roboter müachtln ned so. so wie die.

1. M: Oder lebende Leichen.

3. M: Oder des viele Blei in den Bleistiftn schlucken die Psi-Schwingungen.

Käptn: Des könnt sein! Bärnschlager, jetzt muß i mi aber wundern - sie san ja a Genie, Respekt! Das heißt, wir müssn doppelt aufpassen! - Halt! - Da kommens schon!

Ein Trupp Aufseher stampft mit gezückten Atomstrahlern in die Halle. Die Gefangenen verstecken sich hinter einer der großen Maschinen. Sie werden nicht entdeckt. Der Trupp zieht ab und der Käptn und seine Crew überlegen, wie sie von hier raus kommen

Putzfrau: *sieht sich um* Na, da schauts aus. Überall pickt der Dreck - solche Schweindln . . .

PM: Sinds mir nicht bös, Frau Lahmasch, sie kommen auch nicht grad ausm Bad, so wie sie mürchtln - entschuldigns schon.

1. M: Äh - Käptn, könnten sie sich ein bissl weg drahn von mir, sie stinken a scho a bissl . . .

3. M: Was soll i sagn? I bin eingekeilt zwischn euch - i muss mir die Nasn zuhaltn, so grindlts ihr! - Und außerdem hab i an wahnsinnigen Hunger!

Koch: *greift in seine Hosentasche* I hab da noch an trockenen Brokkoli aufghobn - wollts abbeißen?

Alle: *durcheinander* . . . Na bitte ned! . . . Da fress i lieber Bleistifte . . . wollns mi umbringen?

Käptn: Horchts her amal: irgendwo muß da ein Ausgang sein. I schlag vor, dass wir mit dem Förderbandl dort, das die vollen Bleistiftkistn wegtransportiert, versuchen, weg zu kommen . . .

Gesagt, getan. Sie verstecken sich zwischen den Bleistiftkisten und das Förderband bringt sie aus der Halle in einen Raum, in dem unzählige transportbereite Kisten gestapelt sind. Leider werden sie von einer Gruppe Aufsehern entdeckt. Sie werden umzingelt und gefangengenommen

Musik

Szene 13

Die Leitungszentrale des Zeitgefängnisses auf Lurowar. Es herrscht unter den Zeitdirektoren heller Aufruhr. Gohot Vata Slaz muß sich vor den anderen 2 der Galaktischen 3 - Gohot Vata Blaz (GVB) und Gohot Vata Fraz (GVF) - rechtfertigen, wieso den Erdlingen die Flucht gelingen konnte

GVS: . . . is euch denn sowas noch nie passiert? I kann ja ned überall gleichzeitig sein. I bitt euch, i hab Zeitzeugen, die beschwören können, dass i ka Zeit ghabt hab, als die . . .

GVB: Red di ned in an Wirbl eine! Wisse, dass wir des ned durchgehn lassn können! Wie wern ma denn dastehn, vor den Filodronen, die san eh scho haß wegn der hinign Zeitmaschin, die wir eana andraht habn! In der Zeitung stehts a schon! Die Versammlung der Mächtigen 9 von Glumbotulmien is bald - die Inzestoren stehn praktisch schon vor der Tür und jetzt das Schlamassl!

GVF: Gemach, gemach! Urteilt nicht vorschnell, die Flucht der Erdlinge hat auch ein Gutes, nämlich, die Bleistiftproduktion steht dadurch. Wir haben je schon Bleistifte zum Saufüttern - bedenkt auch, dass die Abtrünnigen nicht weit kommen werden! - Wegn die Inzestoren, - des mach i schon; des bieg i hin!

Der Zeitschirm schrillt. Gohot Vata Slaz schaltet ein und nach der Zeitansage meldet sich ein Aufseher aus den Bleiminen und verkündet, dass die Erdlinge wieder erwischt wurden

GVS: Na sehts, die Nichtswürdigen von der Erdn san eingfangt! Die werdn wir unter Zeitdruck setzn, dass nur so rauscht - so, da muss i gleich a Meldung schreibn . . . er sucht nach einem Bleistift . . . fix! - kann mir wer von euch an Bleistift borgn?

GVB und GVF: *durcheinander* Da, kannst meinen habn! - Behalt ihn ruhig - i hab eh 300 andere!

Gohot Vata Slaz befiehlt, dass die abtrünnigen Erdlinge auf der Stelle her gebracht werden

Szene 14

Die Mannschaft der Solarium steht in der Mitte eines kreisrunden Raumes, flankiert von 2 Aufsehern. Vor ihnen drei Tische und hinter diesen sitzen die Galaktischen 3

Käptn: Da is ja der Weißhaarige wieder! *er sieht jetzt erst die anderen zwei Weißhaarigen* I seh schon dreifach - da san ja no zwa!

Koch: Die schaun unterernährt aus

Putzfrau: Die san mir zu alt

PM: Mir auch

GVS: Fotzn halten, elendige Erdenwürmer, elendige!

Ein Aufseher gibt ihnen dazu mit seiner Zeitpeitsche eins über die Rübe

GVB: *zu GVS* Was? Des san diese Erdlinge? Die kömma ja ned brauchen, die san unbrauchbar! Was is denn dir da eingfalln, du Weh?

GVF: A so a Niederlage! Solche Schmächtigen bringt der daher! Die brechn doch gleich beim erstn mal zsamm! . . .

GVS: Gebts ma bitte noch a Chance! I war so in Zeitdruck und hab halt die erst Bbestn, die was dahergflogn kommen san, einkassiert. I hab ja ned wissn können, dass des solche Wehs san!"

1. M: Pass auf, was sagst, Weisser! Mir san kane Wehs!

Käptn: Ihr lassts uns augenblicklich frei, ja?! Wo is unsere Raketn?

GVS: *brüllt* Er habe zu schweigen, wenn sich Intelligenzler unterhalten! *zu den Aufsehern* Gebts ihm eine!

Die Aufseher ziehen dem Käptn mit der Zeitgummiwurst einen zweiten Scheitel. Der Käptn aber kann einem die Zeitgummiwurst entreissen. Die Maschinisten sehen den Augenblick gekommen, sich auf die Aufseher zu stürzen und sie zu entwaffnen

Käptn: So, Weißhaarige, wo is unsere Raketn?

2. M: *steht vor GVS und schwingt die Zeitpeitsche* Sags, sonst hast ka Zukunft!"

GVS: *stottert* . . . da vorne rechts, die Stiegn obe, um den rundn Pfeiler umadum. Dort is arote Tür, da gehts aber vorbei und links sehts eh schon des Parkhaus und auf H 26 steht eure Raketn . . .

GVB: Bist wo angrennt?! Du . . . du . . .

GVF: Na, na, reiß di zsamm!

GVS: Also, ihr seids doch die größtn Trottln! I kündig!

Ende

Das Experiment
Hörspiel

Eine große Halle, in der technische Apparaturen und Maschinen stehen. Der wissenschaftliche Leiter, Professor Schluderbauer (S) arbeitet mit einigen Technikern.Ein Reporter (R) will ihn interviewen

R: Guten Tag, meine Damen und Herren zu Hause, ich melde mich hier aus dem großen Protonenbeschleuniger in Groß Schlimpfenbach, genauer gesagt, aus dem Kontrollraum, wo alles zusammenläuft, alle gesammelten Daten aus den einzelnen Bereichen der Anlage werden hier von den Technikern ausgewertet und da möchte ich gleich Herrn Professor Franz Schluderbauer, der neben mir steht und seinen Mitarbeitern letzte Instruktionen gibt, fragen, um was es bei diesem mit Spannung erwarteten Experiment überhaupt geht, das in Kürze gestartet und das die internationale Fachwelt mit uns verfolgen wird.

S: Entschuldigens . . . *er wendet sich zu den Technikern* He, Karl! Geh, schau amal nach, ob die 415er Sammelbuchsn eh quantnverkupplt san . . . da schauert ma sonst lieb aus! *er ist wieder beim Interviewer* So, entschuldigen sie, aber jetzt muss alles klappen, das Wissenschaftliche Forschungsinstitut und die Sponsoren schaun uns ja dauernd auf die Finger . . .

R: . . . Das bringt mich gleich zur nächsten Frage: wer bezahlt denn eigentlich diesen riesigen Aufwand für dieses von uns allen mit Spannung erwartete Experiment, von dem sich die Fachwelt entscheidende Antworten auf die grundlegendsten Fragen der Menschheit erwartet: wie ist die Welt aufgebaut, sind es alleine die Häuser, Hütten, Scheunen, Schupfen - oder was?

S: Zum einen, wegen der Kosten: wir sind natürlich weitgehendst von den Geldgebern abhängig, keine Frage. Die Wirtschaft erwartet außerdem, dass die Ergebnisse unserer Forschungen . . . äh . . . umgemünzt werden, zur Profitmaximierung in verschiedenen Anwendungen - unlängst erst, kommt so ein Vertreter von der Staubsaugerindustrie zu mir und will, dass wir zum Beispiel, Protonen insoweit vervielfältigen sollen, dass wir sozusagen mehr Staub erzeugen, als eh schon von Natur aus im Universum vorhanden ist, um so den Verkauf von Staubsaugern anzuheizen. Ich sag ihnen ehrlich: für so was geben wir uns nicht her! Oder: unlängst kommt einer von der Innung für Schuss-und Feuerwaffen daher und meint, ob wir aus den Protonen Patronen herstellen könnten. Das wäre sicherlich zu machen, keine Frage, ein paar Kollegen waren ja dafür, das hätte ein ziemliches Gerstl gebracht - es wurde abgestimmt, wer ist dafür, wer dagegen . . . es war eine Gesinnungsfrage, aber . . .

Im Hintergrund hört man aufgeregt Techniker an den Maschinen hantieren

R: Herr Professor, ich sehe gerade, ein paar Techniker laufen dort hinten durcheinander. Sie aber, bleiben erstaunlicherweise ganz ruhig. Was war da eben los?

S: Aber nein, das ist nichts Besonderes gewesen, der eine Beschleuniger, der die gravitativ assoziierten Konvektoren runterexponiert, hat einen Wackler im Stützkanal angezeigt - na, des is halb so wild - da, sehns, ist schon gerichtet, keine Panik, dass uns das Ganze um die Ohrn fliegt, da brauchts schon mehr, ha ha!

R: Nun, da sind wir beruhigt. Herr Professor Schluderbauer: was machen sie da genau bei dem Experiment?

S: Also, das ist so: wir werden erstmals versuchen, quasi

hochfrequente Protonen in einem hyperexistenten Zustandseffekt-feld zu beschleunigen. Den Hinterlechner-Gleichungen zufolge, müsste dann die Protonenmasse polarisationskorreliert sein, das heißt wiederum, die Potentialinterferenz kollabiert und ein nicht-lokales Nullfeld ist die Folge, was wiederum bedeutet, die Proto-nen sind futsch - nix ist mehr da . . .

R: . . . Ja, . . . aber . . . wieso?

S: . . . Nein, wartens, ich bin noch nicht fertig. Nun, die Protonen sind also nichtexistent. Jetzt kommts darauf an: lassen wir sie dort, wo sie sind, verstehns? Nein, wir machen folgendes: wir holen sie wieder zurück, indem wir umgekehrt vorgehen. Das da hinten, was sie da sehn, das ausschaut wie ein 6stöckiges Haus, das ist Kernladungszufallsemissionsverteiler, mit dem holen wir die Protonen wieder zurück und fertig ist die Gschicht!

R: Also, liebe Zuhörerinnen und Zuhörer zu Hause, wenn sie auch so viel verstanden haben, von dem, was Herr Professor Schluderbauer eben gesagt hat, dann sind sie nicht allein . . .

S: Nein, nein, das ist nicht so kompliziert, wie sich das vielleicht anhört.

R: Und kann jetzt bei diesem Experiment auch etwas Un-vorhergesehenes passieren? Ich glaube, diese Frage interessiert die Zuhörerinnen und Zuhörer zu Hause am meisten - dass etwas Schreckliches, nicht wieder Gutzumachendes geschieht dabei . . .

S: Nein, nein! Aber ich will keine Panik erzeugen; pas-sieren, in diesem Sinne, kann immer was, theoretisch, natürlich. Nach unseren Berechnungen nach, müsste alles ohne Probleme funktionieren. Allerdings - die Gefahren, ich will, wie gesagt, kei-ne Panik erzeugen, die sind nicht ohne! So hat der amerikanische

Experimentalphysiker Karl Heinz Bluster gewarnt, die Protonen könnten sich - ich sage: könnten - sich beim Materialisieren im Normalraum dabei aufblustern - der Begriff ist nach ihm benannt - und dabei Kirchturmgröße annehmen. Das, allerdings, wäre nicht so gut. Aber an sich dürfte nix Gröberes passieren.

R: Da sind wir allerdings beruhigt, sicher auch unsere Zuhörerinnen und Zuhörer zu Hause.

S: Bitte, eines hätte ich fast vergessen zu erwähnen und zwar folgendes und das ist eigentlich unsere größte Sorge: es kann unter Umständen, sich kurz die Ekliptik - nur kurz - dergestalt verändern, dass für uns die Sonne nicht mehr wie bisher, im Osten aufgeht, sondern im Süden. In China wäre Nacht, wenns bei uns Sommer ist - aber das würde sich sicher wieder einspielen, wie gesagt. Aber keine Sorge! Ich möchte da keine Schwarzmalerei betreiben . . . schaun sie, kein Fortschritt ohne Risiko, nicht? Wenn wir, zum Beispiel, den Lichtschalter nicht erfunden hätten, würden wir heut noch im Finstern sitzen. Nein, ein Restrisiko gibts immer.

R: Achtung, meine Damen und Herren . . . ich glaub, jetzt geht es los!

S: Entschuldigns bitte, wir beginnen gleich - ich muss nur zu meinen Kollegen dort hinten, Phase 1 beginnt in wenigen Minuten, wo wir versuchen werden, den Potentialwall der Protonenmasse mit Hilfe der so genannten Wopfinger-Methode zu ionisieren, damit die nun niederfrequenten Atomfelder polarisationskorreliert werden. Also, entschuldigens mich . . . *Der Professor geht nach hinten zu den Technikern und gibt Instruktionen* . . . bitte, passts mir auf die Kabln da auf! Und . . . Ferdl, hast bei den Singularitätsabsorbern eh die 16er Untersetzungen einegebn? Sonst hamma den selbn Schas beieinander, wie letztes mal! Bitte, passts auf, wos hinsteigts! Machts mi ned schwach!

R: Ja, meine Damen und Herren, ein reges Treiben herrscht hier nun, die Techniker rennen aufgeregt durcheinander und justieren, kontrollieren da und dort, Professor Schluderbauer ist aber die Ruhe in Person und gibt Anweisungen - eine gespannte Erwartung hat alle hier im Kontrollraum erfasst. Werden wir in Kürze die größten, letzten Geheimnisse der Natur offenbart bekommen, oder was? Professor Schluderbauer gibt jetzt ein Zeichen . . . da! Ein lauter Knall! Was ist passiert?! Ist das das Weltenende? Professor Schluderbauer gestikuliert wild, schreit mit den Technikern Ah, Professor Schluderbauer, um Gottes Willen! Was ist passiert?

S: Ja gibts denn des! Wie stehn wir denn jetzt da! Das ist doch ein . . . ein . . . also: es gab eine Steuerstromunterbrechung in Form einer Fehlstromüberbrückung, genannt Kurzschluss, ausgelöst durch Kollege Seidl, dieser . . . dieser . . . dem, wie festgestellt wurde, eine simple Taschenlampe in den Wirkungsbereich zweier Steuermagnete gefallen ist. Hier kann man wieder schön sehen, wenn man nicht alles selber macht, dann . . .

R: Na, Gott sei Dank, eh nur eine Kleinigkeit . . . ich hab schon geglaubt, das Weltenende . . .

S: Aber nein! Das kommt noch lang ned!

Ende

Paul Braunsteiner
geboren in Gmünd/NÖ
Lebt und arbeitet als Maler, Musiker und Autor in Wien